FLÜSSIG SPRECHEN

ITALIENISCH

Wortschatz, Satzbausteine und Dialoge
zum Auffrischen und Erweitern

Langenscheidt

INHALTSVERZEICHNIS

VORWORT

Sie möchten Italienisch flüssig sprechen und mit italienischsprachigen Menschen auf Augenhöhe kommunizieren? Dieses Buch bietet Ihnen eine solide Grundlage dafür.

In insgesamt 14 Kapiteln werden Sie auf typische Situationen vorbereitet, die Ihnen bei jedem Auslandsaufenthalt begegnen können. Neben wichtigem Wortschatz, Satzbausteinen und authentischen Dialogen lernen Sie auch kulturelle Besonderheiten kennen, die Ihnen helfen, Ihr italienischsprachiges Gegenüber besser zu verstehen.

Bei der Auswahl der Inhalte haben wir besonderen Wert auf gebräuchliche, idiomatische und häufig verwendete Ausdrücke und Wendungen gelegt, die den aktuellen Sprachgebrauch in der jeweiligen Situation widerspiegeln.

Um Ihnen das Lernen und Einprägen so einfach wie möglich zu machen, folgt jedes Kapitel einer klaren, einheitlichen Struktur, die sich wie ein roter Faden durch das gesamte Buch zieht. So finden Sie sich schnell und ohne langes Suchen zurecht.

Mit der Scan2Learn-App können Sie alle Dialoge in muttersprachlicher Qualität anhören und nachsprechen. So verbessern Sie gezielt Ihre Aussprache und gewinnen Sicherheit beim Sprechen auf Italienisch.

Wir wünschen Ihnen viel Spaß und Erfolg beim Lernen – und vor allem gute, erfolgreiche und flüssige Gespräche!

WAS FINDEN SIE IN DIESEM BUCH?

Um eine schnelle Orientierung in den einzelnen Kapiteln zu gewährleisten und Ihnen das Arbeiten so einfach wie möglich zu machen, haben wir eine wiederkehrende Struktur gewählt, die sich durch jedes Kapitel wie ein roter Faden zieht und aus den folgenden 6 Bausteinen besteht:

Entdecken Sie den wichtigsten **Wortschatz** für die jeweilige Situation. Dank der Lautschrift zu jedem Wort sind Sie auch bei Unsicherheiten in der Aussprache bestens vorbereitet.

Satzbausteine, die den aktuellen Sprachgebrauch widerspiegeln, helfen Ihnen eigene Formulierungen leicht zu meistern. Lernen Sie diese auswendig und setzen Sie sie für Ihre eigenen Formulierungen direkt in Gesprächen ein. Auch hier finden Sie die Lautschrift, die Sie dabei unterstützt die richtige Aussprache sicher zu beherrschen.

Auf einer weiteren Doppelseite finden Sie **Mini-Dialoge**, die Ihnen die Möglichkeit geben, die Sprache in ihrer lebendigen Anwendung zu erleben. Hätten Sie sich auch so ausgedrückt? Vergleichen Sie und gewinnen Sie Sicherheit für echte Gesprächssituationen!

Bei GUT ZU **WISSEN!** blicken wir über die Sprache hinaus und nehmen spannende landeskundliche Themen unter die Lupe. Diese Infos helfen Ihnen nicht nur, kulturelle Feinheiten besser zu verstehen, sondern bewahren Sie auch vor peinlichen Fettnäpfchen.

Herzlichen Glückwunsch – Sie sind schon weit gekommen! In der Rubrik *Falsche Freunde!* finden Sie einige der bekanntesten Stolpersteine, die häufig zu Verwechslungen führen. Mit ein wenig Übung werden Sie diese berühmt-berüchtigten Redewendungen schnell in den Griff bekommen. So kommen Sie Ihrem Ziel, flüssig und sicher zu sprechen, einen großen Schritt näher!

Am Ende jedes Kapitels feiern Sie mit dem ETAPPEN**SIEG!** einen weiteren Meilenstein auf Ihrem Weg. Gönnen Sie sich einen Moment, um Ihre Fortschritte zu genießen und zu spüren, wie Sie Schritt für Schritt an Sprachsicherheit und Selbstvertrauen gewinnen.

Laden Sie sich die Scan2Learn-App herunter und wählen Sie Ihr Buch aus. Eine genaue Anleitung finden Sie auf der Innenseite des vorderen Buchumschlags.
Mit der App können Sie alle italienischen Dialoge bequem in muttersprachlicher Qualität anhören und nachsprechen. Scannen Sie dazu die Seite mit dem Kopfhörersymbol mit der Scan2Learn-App.

01

Auf eigene Faust **unterwegs**

Noch bevor Sie Ihr Ziel erreichen, sind Ihre Sprachkenntnisse gefragt!

Ob Sie mit dem Reisebus, der Bahn, dem Auto oder dem Flugzeug anreisen – in diesem Kapitel finden Sie praxisnahe Beispiele, die Ihnen als nützliche Wegbegleiter dienen werden.

IN GENERALE — Allgemeines

l'agenzia di *f* cambio	[adʒenˈtsi:a di ˈkambio]	die Wechselstube
il bagaglio	[baˈgaʎʎo]	das Reisegepäck
la cappelliera	[kappelˈljɛ:ra]	das Gepäckfach
la carta d'identità	[ˈkarta identiˈta]	der Personalausweis
il corridoio	[korriˈdo:jo]	der Gang
la dogana	[doˈga:na]	der Zoll
il passaporto	[passaˈpɔrto]	der Reisepass
il passeggero	[passedˈdʒɛ:ro]	der Fahrgast
il posto (a sedere)	[ˈpɔsto a seˈde:re]	der (Sitz)platz
la stiva	[ˈsti:va]	der Laderaum (Bus)

IN PULLMAN — Mit dem Reisebus

il biglietto d'autobus	[biʎˈʎetto ˈda:utobus]	die Busfahrkarte
la fermata d'autobus	[ferˈma:ta ˈda:utobus]	die Bushaltestelle
il pullman	[ˈpulman]	der Reisebus
la stazione d'autobus	[statˈtsjo:ne ˈda:utobus]	der Busbahnhof

IN TRENO — Mit dem Zug

il biglietto del treno	[biʎˈʎetto del ˈtrɛ:no]	die Bahnkarte
la carrozza ristorante	[karˈrɔttsa ristoˈrante]	der Speisewagen
la fermata	[ferˈma:ta]	die Haltestelle
la ferrovia	[ferroˈvi:a]	die Eisenbahn
la stazione ferroviaria	[statˈtsjo:ne ferroˈvja:rja]	der Bahnhof
il treno di coincidenza	[ˈtrɛ:no di kointʃiˈdɛntsa]	der Anschluss
il vagone letto	[vaˈgo:ne ˈlɛtto]	der Schlafwagen

IN AEREO

		Mit dem Flugzeug
l'aereo / l'aeroplano *m*	[aˈɛ:reo / aeroˈpla:no]	das Flugzeug
l'aeroporto *m*	[aeroˈpɔrto]	der Flughafen
gli arrivi *m pl*	[arˈri:vi]	die Ankunft
il biglietto d'aereo	[biʎˈʎetto daˈɛ:reo]	das Flugticket
la carta d'imbarco	[ˈkarta dimˈbarko]	die Bordkarte
le partenze *f pl*	[parˈtɛntse]	der Abflug
il passeggero	[passedˈdʒɛ:ro]	der Fluggast
il seggiolino	[seddʒoˈli:no]	der Kindersitz
il volo di connessione	[ˈvo:lo di konnesˈsjo:ne]	der Anschlussflug

IN MACCHINA

		Mit dem Auto
l'auto *f* / la macchina	[ˈa:uto / ˈmakkina]	das Auto
l'autolavaggio *m*	[autolaˈvaddʒo]	die Autowaschanlage
il crocevia autostradale	[krotʃeˈvi:a autostraˈda:le]	das Autobahnkreuz
il diesel / il gasolio	[ˈdi:sel / gaˈzɔ:lio]	der Diesel(kraftstoff)
il distributore di benzina	[distribuˈto:re di benˈdzi:na]	die Tankstelle
il limite di velocità	[ˈli:mite di velotʃiˈta]	das Tempolimit
il parcheggio	[parˈkeddʒo]	der Parkplatz
il parcometro	[parˈkɔmetro]	die Parkuhr
la pompa di benzina	[ˈpompa di benˈdzi:na]	die Zapfsäule
la pressione degli pneumatici	[presˈsjo:ne ˈdeʎʎi pneuˈma:titʃi]	der Reifendruck
la stazione di ricarica	[statˈtsjo:ne di riˈka:rika]	die Ladestation
la stazione di servizio	[statˈtsjo:ne di serˈvittsjo]	die Tankstelle mit Reparaturwerkstatt
l'uscita *f*	[uʃˈʃi:ta]	die Ausfahrt

IN GENERALE		Allgemeines
È questo il treno / l'autobus per ...	[ɛ 'kuesto il 'trɛ:no / 'la:utobus per ...]	Ist das der Zug/Bus nach ...?
Mi scusi, ma questo è il mio posto.	[mi 'sku:zi ma 'kuesto ɛ il 'mi:o 'pɔsto]	Entschuldigen Sie bitte, aber das ist mein Platz.
Dove posso trovare qualcosa da mangiare/bere?	['do:ve 'pɔsso tro'va:re kual'kɔ:sa da man'dʒa:re/'be:re]	Wo kann ich etwas zu essen/trinken bekommen?
Non riesco a trovare il mio bagaglio.	[non ri'ɛsko a tro'va:re il 'mi:o ba'gaʎʎo]	Ich kann mein Gepäck nicht finden.
Il mio bagaglio è stato danneggiato.	[il 'mi:o ba'gaʎʎo ɛ 'sta:to danned'dʒa:to]	Mein Gepäck wurde beschädigt.
Mi scusi, questa è la mia valigia.	[mi 'sku:zi 'kuesta ɛ la 'mi:a va'li:dʒa]	Entschuldigen Sie bitte, aber der Koffer gehört mir.
Ho qualcosa da dichiarare.	[ɔ kual'kɔ:sa da dikja'ra:re]	Ich habe etwas zu verzollen.
Non ho nulla da dichiarare.	[non ɔ 'nulla da dikja'ra:re]	Ich habe nichts zu verzollen
Ecco il mio passaporto / la mia carta d'identità.	['ɛkko il 'mi:o passa'pɔrto]	Hier ist mein Reisepass/Personalausweis.
Dove posso ottenere un visto?	['do:ve 'pɔsso otte'ne:re un 'visto]	Wo bekomme ich ein Visum?
Può informarmi quando arriviamo a ...?	['puɔ infor'marmi 'kuando arri'via:mo a ...]	Können Sie uns bitte Bescheid sagen, wenn wir ... erreichen?
Potrebbe aiutarmi con il mio bagaglio?	[po'trɛbbe aju'tarmi kon il 'mi:o ba'gaʎʎo]	Können Sie mir bitte mit meinem Gepäck helfen?

IN PULLMAN

Mit dem Reisebus

Il pullman dispone di aria condizionata?	[il ˈpulman disˈpoːne di ˈaːria kondittsioˈnaːta]	Verfügt der Bus über eine Klimaanlage?
Fermeremo ad un'area di servizio?	[fermeˈrɛːmo ad uˈnaːrea di serˈvittsjo]	Halten wir an einer Raststätte an?
A che ora è prevista la prossima sosta?	[a ke ˈɔːra ɛ preˈviːsta la ˈprɔssima ˈsɔsta]	Um wie viel Uhr ist der nächste Halt geplant?
Dove si trova il punto di ritrovo per il rientro?	[ˈdoːve si ˈtrɔːva il ˈpunto di riˈtrɔːvo per il riˈɛntro]	Wo ist der Treffpunkt für die Rückfahrt?
Quanto dura il viaggio fino a destinazione?	[ˈkuanto ˈduːra il ˈvjaḍdʒo ˈfiːno a destinatˈtsjoːne]	Wie lange dauert die Fahrt bis zum Ziel?
È possibile prenotare i posti in anticipo?	[ɛ posˈsiːbile prenoˈtaːre i ˈposti in anˈtiːtʃipo]	Kann man die Plätze im Voraus reservieren?

IN TRENO

Mit dem Zug

Da quale binario parte il treno per ...?	[da ˈkuaːle biˈnaːrio ˈparte il ˈtrɛːno per ...]	Von welchem Bahnsteig fährt der Zug nach ...?
Il treno per ... parte da questo binario?	[il ˈtrɛːno per ... ˈparte da ˈkuesto biˈnaːrio]	Ist das der Bahnsteig für den Zug nach ...?
Il treno da ... aveva ritardo e quindi ho perso la coincidenza per...	[il ˈtrɛːno da ... aˈveːva riˈtardo e ˈkuindi ɔ ˈpɛrso la kointʃiˈdɛntsa per ...]	Der Zug von ... war verspätet, und ich habe den Anschluss nach ... verpasst.
È valido il mio biglietto per questo treno?	[ɛ ˈvaːlido il ˈmiːo biʎˈʎetto per ˈkuesto ˈtrɛːno]	Gilt meine Bahnkarte für diesen Zug?
La prossima fermata è ...?	[la ˈprɔssima ferˈmaːta ɛ]	Ist die nächste Haltestelle ...?
Posso prendere un treno precedente/successivo per ...?	[ˈpɔsso ˈprɛndere un ˈtrɛːno pretʃeˈdɛnte/ sutʧe/ sutʧeˈssiːvoˈssiːvo per ...]	Darf ich mit einem früheren/späteren Zug nach ... fahren?

IN MACCHINA

Mit dem Auto

Mi scusi, come funziona?	[mi ˈsku:zi ˈko:me funˈtsjo:na]	Entschuldigen Sie bitte, aber wie funktioniert das?
Sono molto spiacente, ma non ho la carta di credito qui con me.	[ˈso:no ˈmolto spjaˈtʃɛnte ma non ɔ la ˈkarta di ˈkre:dito kuˈi kon me]	Es tut mir sehr leid, aber ich habe meine Kreditkarte nicht bei mir.
Qual è il percorso migliore / più veloce per andare a ...?	[kuaˈlɛ il perˈkorso miʎˈʎo:re / pju veˈlo:tʃe per anˈda:re a ...]	Wie fahre ich am besten/ schnellsten nach ...?
C'è un/una/uno ... qui vicino?	[tʃɛ un/ˈu:na/ˈu:no ... kuˈi viˈtʃi:no]	Gibt es in der Nähe ein/ eine/einen ...?
Potrebbe annotarmi le indicazioni su come arrivare a ...?	[poˈtrɛbbe annoˈtarmi le indikatˈtsjo:ni su ˈko:me arriˈva:re a ...]	Können Sie mir bitte die Wegbeschreibung nach ... aufschreiben?
Potrebbe indicarmi il percorso sulla cartina stradale?	[poˈtrɛbbe indiˈkarmi il perˈkorso ˈsulla karˈti:na straˈda:le]	Können Sie mir bitte den Weg auf der Straßenkarte zeigen?
Dove si trova il parcheggio?	[ˈdo:ve si ˈtro:va il parˈkeddʒo]	Wo ist der Parkplatz?

IN AEREO

Mit dem Flugzeug

Dove si possono ritirare i bagagli?	[ˈdo:ve si ˈpɔssono ritiˈra:re i baˈgaʎʎi]	Wo ist die Gepäckausgabe?
Potrebbe dirmi come arrivare all'uscita / al terminal ...?	[poˈtrɛbbe ˈdirmi ˈko:me arriˈva:re alluʃˈʃi:ta / al ˈtɛrminal]	Können Sie mir bitte sagen, wie ich zu Gate/Terminal ... komme?
Ho prenotato un volo (di connessione) per ... È questa l'uscita / il terminal?	[ɔ prenoˈta:to un ˈvo:lo (di konnesˈsjo:ne) per ... ɛ ˈkuesta luʃˈʃi:ta / il ˈtɛrminal]	Ich habe einen (Anschluss)-flug nach ... gebucht. Ist dies das richtige Gate/ Terminal?

A chi mi devo rivolgere per il bagaglio in eccedenza?	[a ki mi ˈde:vo riˈvoldʒere per il baˈgaʎʎo in ettʃeˈdɛntsa]	An wen kann ich mich mit Übergepäck wenden?
Devo portarlo a bordo.	[ˈde:vo porˈtarlo a ˈbordo]	Das muss ich mit an Bord nehmen.
C'è il servizio duty-free?	[tʃɛ il serˈvittsjo dju:tiˈfri:]	Gibt es einen Duty-Free-Service?
Sarà servito un pasto a bordo?	[saˈra serˈvi:to un ˈpasto a ˈbordo]	Gibt es an Bord eine Mahlzeit?
Posso sistemare il bagaglio sotto il sedile?	[ˈpɔsso sisteˈma:re il baˈgaʎʎo ˈsotto il seˈdi:le]	Kann ich das Gepäck unter den Sitz verstauen?
Può darmi un sacchetto per il mal d'aria?	[ˈpuɔ ˈdarmi un sakˈketto per il mal ˈda:ria]	Könnten Sie mir eine Tüte gegen Luftkrankheit geben?
Lo schienale è bloccato.	[lo skjeˈna:le ɛ blokˈka:to]	Die Rückenlehne ist blockiert.
Dov'è ubicata la prossima uscita d'emergenza?	[doˈvɛ ubi'ka:ta la pros'sima luʃ'ʃi:ta demerˈdʒɛntsa]	Wo befindet sich der nächste Notausgang?
Posso sedermi al finestrino?	[ˈpɔsso seˈdermi al finesˈtri:no]	Darf ich mich ans Fenster setzen?
Vorrei un posto con maggiore spazio per le gambe.	[vɔrˈrɛ:i un ˈpɔsto kon madˈdʒo:re ˈspattsjo per le ˈgambe]	Ich hätte gerne einen Platz mit mehr Beinfreiheit.
Possiamo portare a bordo il passeggino?	[posˈsja:mo porˈta:re a ˈbordo il passedˈdʒi:no]	Können wir den Kinder-buggy mit an Bord nehmen?
Posso usare il tablet in modalità volo?	[ˈpɔsso uˈza:re il ˈteblet in modaliˈta ˈvo:lo]	Darf ich das Tablet im Flugmodus verwenden?

FEBBRE DA VIAGGIO

Reisefieber

Hai preso il passaporto?

Hast du den Pass eingesteckt?

Sì, l'ho messo nella tasca esterna dello zaino per averlo a portata di mano.

Ja, ich habe ihn in die Außentasche des Rucksacks gesteckt, damit er griffbereit ist.

Ed anche i biglietti?

Und auch die Fahrkarten?

Certo! Ce li ho sul cellulare e ho fatto anche una stampa di sicurezza, nel caso servisse.

Klar! Sie sind auf dem Handy und ich habe sie zur Sicherheit für den Fall der Fälle auch ausgedruckt.

La prenotazione dell'albergo? Te la sei ricordata?

Die Zimmerreservierung? Hast du daran gedacht?

Eccola! Ho ricevuto la conferma via email e l'ho salvata sul telefono.

Hier ist sie! Ich habe die Bestätigung per E-Mail erhalten und sie auf dem Handy gespeichert.

Perfetto. Prendo la guida turistica e possiamo partire.

Perfekt. Ich stecke den Reiseführer ein und wir können gehen.

Evviva! Finalmente in viaggio! Speriamo che il volo sia in orario.

Hurra! Endlich beginnt die Reise! Hoffentlich ist der Flug pünktlich.

APPENA ARRIVATI

Gerade angekommen

Finalmente arrivati! Che viaggio lungo!

Endlich angekommen! Was für eine lange Reise!

Hai ragione, ma adesso ci possiamo godere la vacanza.

Du hast recht, aber jetzt können wir unseren Urlaub genießen.

Non vedo l'ora di esplorare la città.

Ich kann es kaum erwarten, die Stadt zu erkunden.

Sistemiamoci in albergo e facciamo una bella passeggiata in centro.

Lass uns das Hotelzimmer beziehen und einen schönen Spaziergang im Zentrum machen.

Sì, ottima idea! Prima però decidiamo come arrivare in albergo. Prendiamo un taxi o la metropolitana?

Ja, prima Idee! Aber zuerst müssen wir uns überlegen, wie wir zum Hotel kommen. Fahren wir mit dem Taxi oder mit der U-Bahn?

Meglio un taxi. La metropolitana a quest'ora è troppo affollata.

Besser mit dem Taxi. Um diese Uhrzeit ist die U-Bahn zu überfüllt.

GUT ZU WISSEN!

! In Italien ist man prinzipiell sehr hilfsbereit. Wenn Sie mal nicht weiterkommen, dann scheuen Sie sich nicht, jemanden anzusprechen und um Hilfe zu bitten. Tun Sie dies dann auch noch auf Italienisch, werden Sie sehen, dass Ihr Gegenüber praktisch nicht mehr zu bremsen ist und Ihnen noch viele wertvolle Tipps mit auf den Weg geben wird.

! Fragen Sie doch beispielsweise nach einem guten Restaurant, in dem regionale Spezialitäten serviert werden, oder nach günstigen Einkaufsmöglichkeiten. Sie werden mit Sicherheit nur davon profitieren und kommen zudem ganz natürlich mit den Einheimischen ins Gespräch.

! Besonders in kleineren Städten und Dörfern ist die Offenheit der Bevölkerung spürbar. Hier nimmt man sich gerne die Zeit für eine kleine Unterhaltung, sei es an der Straßenecke, in einem Café oder auf dem Markt.

AUFGEPASST:
Falsche Freunde!

Das italienische Verb **importare** deckt sich mit dem deutschen *importieren*, wenn es beispielsweise um die Einführung von Waren geht. Darüber hinaus hat es aber auch die Bedeutung *wichtig sein, interessieren, am Herzen liegen* usw., wie die folgenden Beispiele zeigen:

Dobbiamo trovare un albergo. Solo questo importa.	Wie müssen ein Hotel finden. Das ist das Einzige, worauf es ankommt.
Quanto importa una sana dieta alimentare!	Wie wichtig ist doch eine gesunde Ernährung!

ETAPPEN**SIEG!**

In diesem Kapitel haben Sie gelernt, mit Ihren neu erworbenen Sprachkenntnissen an Ihr Ziel zu gelangen. Nachdem Sie problemlos durch den Zoll gekommen sind und sogar schon eine Polizeikontrolle hinter sich haben, stehen Sie voller Tatendrang an Ihrem Ankunftsort.
Doch zuerst müssen Sie eine Unterkunft finden.

02

Aber bitte mit **Meerblick!**

Nun sind Sie angekommen!

Vielleicht haben Sie die Unterkunft bereits gebucht, vielleicht müssen Sie erst noch danach suchen.

Dieses Kapitel unterstützt Sie in dieser Phase Ihres Aufenthaltes.

l'accappatoio *m*	[akkappa'to:jo]	der Bademantel
l'albergo *m*	[al'bɛrgo]	der Gasthof
l'angolo *m* cottura	['aŋgolo kot'tu:ra]	die Kochnische
l'armadio *m*	[ar'ma:djo]	der Schrank
l'ascensore *m*	[aʃʃen'so:re]	der Fahrstuhl
l'asciugamano *m*	[aʃʃuga'ma:no]	das Handtuch
il balcone	[bal'ko:ne]	der Balkon
il buffet	[by'fɛ]	das Büfett
la cabina doccia	[ka'bi:na 'dottʃa]	die Duschkabine
la camera	['ka:mera]	das Zimmer
la camera con due letti	['ka:mera kon 'du:e 'lɛtti]	das Zweibettzimmer
la camera con vista	['ka:mera kon 'vista]	das Zimmer mit Ausblick
la camera doppia	['ka:mera 'doppja]	das Doppelzimmer
la camera singola	['ka:mera 'siŋgola]	das Einzelzimmer
la carta igienica	['karta i'dʒɛ:nika]	das Toilettenpapier
la cassaforte	[kassa'fɔrte]	der Tresor
la chiave	['kja:ve]	der Schlüssel
la colazione	[kolat'tsjo:ne]	das Frühstück
il comodino	[komo'di:no]	der Nachttisch
la coperta	[ko'pɛrta]	die Bettdecke
il cuscino	[kuʃ'ʃi:no]	das Kopfkissen
il direttore / la direttrice	[diret'to:re / diret'tri:tʃe]	der Manager / die Managerin
la doccia	['dottʃa]	die Dusche
la finestra	[fi'nɛstra]	das Fenster
il frigorifero	[frigo'ri:fero]	der Kühlschrank
la gruccia appendiabiti	['gruttʃa appendi'a:biti]	der Kleiderbügel
l'hotel *m*	[o'tɛl]	das Hotel
il lenzuolo	[lɛn'tsuɔ:lo]	das Bettlaken
il lettino	[let'ti:no]	das Kinderbett

il letto matrimoniale	[ˈlɛtto matrimoˈnjaːle]	das Doppelbett
la mancia	[ˈmantʃa]	das Trinkgeld
il minibar	[miniˈbar]	die Minibar
la pensione	[penˈsjoːne]	die Pension
il pernottamento	[pernottaˈmento]	die Übernachtung
il piano	[ˈpjaːno]	die Etage
la piscina	[piʃˈʃiːna]	der Swimmingpool
la poltrona	[polˈtroːna]	der Sessel
il portinaio / la portinaia	[portiˈnaːjo]	der Pförtner / die Pförtnerin
la prenotazione	[prenotatˈtsjoːne]	die Reservierung
il radiatore	[radjaˈtoːre]	der Heizkörper
la reception	[reˈsepʃon]	die Rezeption
il/la receptionist	[resepʃoˈnist]	der Empfangschef / die Empfangsdame
la serratura	[serraˈtuːra]	das Türschloss
il servizio in camera	[serˈvittsjo in ˈkaːmera]	der Zimmerservice
lo specchio	[ˈspɛkkjo]	der Spiegel
la spiaggia privata	[ˈspjaddʒa priˈvaːta]	der Privatstrand
la sveglia	[ˈzveʎʎa]	der Weckruf
la tenda	[ˈtɛnda]	der Vorhang
la vasca da bagno	[ˈvaska da ˈbaːɲo]	die Badewanne
arrivare	[arriˈvaːre]	anreisen
partire	[parˈtiːre]	abreisen
prenotare una camera	[prenoˈtaːre ˈuːna ˈkaːmera]	ein Zimmer reservieren
rimanere	[rimaˈneːre]	bleiben
rimanere per una notte / ... notti	[rimaˈneːre per ˈuːna ˈnɔtte / ... ˈnɔtti]	für eine Nacht / ... Nächte bleiben
segnare qc sul conto della camera	[seɲˈɲaːre kualˈkɔːsa sul ˈkonto ˈdella ˈkaːmera]	etw auf die Zimmerrechnung setzen

TROVARE UN ALLOGGIO — Suche nach einer Unterkunft

Potrebbe indicarmi un albergo qui vicino?	[poˈtrɛbbe indiˈkarmi un alˈbɛrgo kuˈi viˈtʃi:no]	Wo finde ich ein Hotel in der Nähe?
Cerco un bed and breakfast in centro.	[ˈtʃerko un bed end ˈbrekfest in ˈtʃɛntro]	Ich suche nach einem Bed and Brekfast im Zentrum.
C'è una pensione a conduzione famigliare?	[tʃɛ ˈu:na penˈsjo:ne a kondutˈtsjo:ne famiʎˈʎa:re]	Gibt es eine familiengeführte Pension?
Vorrei fare dell'agriturismo.	[vɔrˈrɛ:i ˈfa:re dellagrituˈrizmo]	Ich interessiere mich für Urlaub auf dem Bauernhof.
Ci sono delle case vacanza?	[tʃi ˈso:no ˈdelle ˈka:se vaˈkantsa]	Gibt es Ferienwohnungen?
Vorremmo alloggiare in un ostello.	[vɔrˈrɛmmo allodˈdʒa:re in un osˈtɛllo]	Wir möchten gerne in einem Hostel unterkommen.

ALLA RECEPTION — An der Rezeption

Quando posso procedere al check-in?	[ˈkuando ˈpɔsso proˈtʃɛ:dere al tʃekˈin]	Wann kann ich einchecken?
Ho prenotato una camera da oggi fino a lunedì prossimo.	[ɔ prenoˈta:to ˈu:na ˈka:mera da ˈɔddʒi ˈfi:no a luneˈdi ˈprɔssimo]	Ich habe für heute bis Montag nächste Woche ein Zimmer bestellt.
C'è una camera per due persone? Vorremmo fermarci per una notte.	[tʃɛ ˈu:na ˈka:mera per ˈdu:e perˈso:ne vorˈrɛmmo ferˈmartʃi per ˈu:na ˈnɔtte]	Haben Sie ein Zimmer für zwei Personen? Wir möchten gerne eine Nacht bleiben.
Vorremmo delle camere adiacenti.	[vorˈrɛmmo ˈdelle ˈka:mere adjaˈtʃɛnti]	Wir hätten gern nebeneinanderliegende Zimmer.

La camera è provvista di ...?	[la 'ka:mera ɛ prov'vista di ...]	Ist ein/eine ... im Zimmer?
Dove si trovano le nostre camere?	['do:ve si 'tro:vano le 'nɔstre 'ka:mere]	Wo befinden sich unsere Zimmer?
Posso vedere la camera?	['pɔsso ve'de:re la 'ka:mera]	Kann ich das Zimmer sehen?
Quando si fa colazione?	['kuando si fa kolat'tsjo:ne]	Wann gibt es Frühstück?
A che ora apre la palestra?	[a ke 'o:ra 'apre la pa'lɛstra]	Wann öffnet der Fitnessraum?
Qual è il numero del servizio in camera?	['kual ɛ il 'nu:mero del ser'vittsjo in 'ka:mera]	Unter welcher Nummer erreiche ich den Zimmer-service?
Cosa bisogna fare per le chiamate esterne?	['ko:sa bi'zo:ɲa 'fa:re per le kja'ma:te es'tɛrne]	Wie kann ich externe Anrufe tätigen?
Quando vengono pulite le camere?	['kuando 'vɛŋgono pu'li:te le 'ka:mere]	Wann ist die Zimmerreinigung?
Posso lasciare la macchina nel cortile?	['pɔsso laʃ'ʃa:re la 'makkina nel kor'ti:le]	Darf ich mein Auto im Hof stehen lassen?

DIFFICOLTÀ

Schwierigkeiten

Ho difficoltà ad azionare il/la/lo ...	[ɔ diffikol'ta ad adzio'na:re il/la/lo ...]	Der/Die/Das ... lässt sich nicht bedienen.
Non funziona.	[non fun'tsjo:na]	Es funktioniert nicht.
Vorrei parlare con il direttore.	[vɔr'rɛ:i par'la:re kon il diret'to:re]	Ich möchte den Manager sprechen.
Vorrei fare un reclamo.	[vɔr'rɛ:i 'fa:re un re'kla:mo]	Ich möchte mich beschweren.

RICHIESTE		Wünsche
Potrebbe aggiungere un lettino nella nostra camera?	[po'trɛbbe ad'dʒundʒere un let'ti:no 'nella 'nɔstra 'ka:mera]	Können Sie ein Kinderbett in unser Zimmer stellen?
Potrebbe svegliarmi alle ...?	[po'trɛbbe zveʎ'ʎarmi 'alle ...]	Ich möchte einen Weckruf um ... Uhr.
Potrebbe organizzarci una macchina a noleggio?	[po'trɛbbe organid'dzartʃi 'u:na 'makkina a no'leddʒo]	Könnten Sie uns einen Mietwagen organisieren?
Vorrei pranzare in camera.	[vɔr'rɛ:i pran'dza:re in 'ka:mera]	Ich würde gerne auf dem Zimmer zu Mittag essen.
Potremmo avere più poltrone in camera?	[pot'rɛmmo a've:re pju polt'rone in 'ka:mera]	Könnten wir im Zimmer mehr Sessel haben?
Potrebbe essere pulita più tardi la nostra camera?	[po'trɛbbe 'ɛssere pu'li:ta pju 'tardi la 'nɔstra 'ka:mera]	Kann die Zimmerreinigung später kommen?
Vorremmo prenotare la sala per le ore ... di martedì.	[vor'rɛmmo preno'ta:re la 'sa:la per le 'ore ... di marte'di]	Wir möchten die Lounge buchen, für ... Uhr am Dienstag.
Posso prolungare il mio soggiorno di un giorno?	['pɔsso proluŋ'ga:re il 'mi:o sod'dʒorno di un 'dʒorno]	Kann ich meinen Aufenthalt um einen Tag verlängern?
Potrebbe chiamarmi un taxi?	[po'trɛbbe kja'marmi un 'taksi]	Könnten Sie mir ein Taxi rufen?
Vorrei non essere disturbato.	[vɔr'rɛ:i non 'ɛssere distur'ba:to]	Ich möchte nicht gestört werden.
Potrebbe fornirmi un cuscino in più?	[po'trɛbbe for'nirmi un kuʃ'ʃi:no in pju]	Könnten Sie mir ein zusätzliches Kissen geben?
Avete un adattatore per la presa elettrica?	[a've:te un adattat'to:re per la 'pre:za e'lɛttrika]	Haben Sie einen Adapter für die Steckdose?
Potrebbe mandare qualcuno a controllare l'aria condizionata?	[po'trɛbbe man'da:re kual'ku:no a kontroll'la:re 'la:rja kondittsjo'na:ta]	Könnten Sie jemanden schicken, der die Klimaanlage überprüft?
C'è un servizio di lavanderia nell'hotel?	[tʃɛ un ser'vittsjo di lavande'ri:a nello'tɛl]	Gibt es einen Wäscheservice im Hotel?

CHECK-OUT

Auschecken

Quando dobbiamo procedere al check-out?	[ˈkuando dobˈbja:mo proˈtʃɛ:dere al tʃekˈaut]	Bis wann müssen wir auschecken?
Posso pagare in contanti?	[ˈpɔsso paˈga:re in konˈtanti]	Kann ich bar zahlen?
Può rilasciarmi una fattura?	[ˈpuɔ rilaʃˈʃarmi ˈu:na fatˈtu:ra]	Könnten Sie mir eine Rechnung ausstellen?
C'è da pagare la tassa di soggiorno?	[tʃɛ da paˈga:re la ˈtassa di sodˈdʒorno]	Muss man eine Bettensteuer zahlen?
Posso depositare i bagagli fino alla partenza?	[ˈpɔsso depoziˈta:re i baˈgaʎʎi ˈfi:no ˈalla parˈtɛntsa]	Kann ich das Gepäck bis zur Abreise hier lassen?

ALTRO

Sonstiges

Sono allergico a ...	[ˈso:no alˈlɛrdʒiko a ...]	Ich bin allergisch gegen ...
Mia moglie ha un intolleranza a ...	[ˈmi:a ˈmoʎʎe a unintolleˈrantsa a ...]	Meine Frau hat eine ... intoleranz.
C'è un autobus per ...?	[tʃɛ un ˈa:utobus per ...]	Gibt es einen Bus nach ...?
Lo metta sul conto della camera.	[lo ˈmetta sul ˈkonto ˈdella ˈka:mera]	Setzen Sie es bitte auf die Zimmerrechnung.
Dov'è il/la/lo ...?	[doˈvɛ il/la/lo ...]	Wo finde ich den/die/das ...?
C'è un/una/uno ... qui vicino?	[tʃɛ un/ˈu:na/ˈu:no ... kuˈi viˈtʃi:no]	Ist hier in der Nähe ein/eine ...?
Ha una piantina del luogo?	[a ˈu:na pjanˈti:na del ˈluɔ:go]	Haben Sie eine Ortskarte?

IN ALBERGO 1

TR. 3

Im Hotel

Buongiorno, abbiamo prenotato una camera per sei notti.

Guten Tag, wir haben ein Zimmer für sechs Nächte gebucht.

Benvenuti! Posso avere un documento?

Willkommen! Kann ich einen Ausweis sehen?

Ecco i nostri passaporti. Occorre anche la prenotazione?

Hier sind unsere Reisepässe. Benötigen Sie auch die Reservierung?

No, non è necessaria. Ho già trovato i vostri nominativi nel sistema.

Nein, das ist nicht erforderlich. Ich habe Ihre Namen schon im System gefunden.

La camera è già pronta?

Ist das Zimmer schon fertig?

Sì. Se vuole chiamo qualcuno per aiutarvi con i bagagli.

Ja. Wenn Sie wünschen, rufe ich jemanden, der Ihnen mit dem Gepäck behilflich ist.

Molto gentile, ma non c'è bisogno.

Sehr freundlich, aber das ist nicht nötig.

Ecco la chiave.

Hier ist der Schlüssel.

Grazie.

Danke.

La camera si trova al secondo piano.
Lì in fondo c'è l'ascensore.

Das Zimmer befindet sich im zweiten Stock.
Dort hinten ist der Aufzug.

IN ALBERGO 2

Im Hotel

La reception è sempre occupata?

Ist die Rezeption durchgehend besetzt?

Giorno e notte. Si può rivolgere a me o ai miei colleghi a qualsiasi ora.

Tag und Nacht. Sie können sich zu jeder Zeit an mich oder meine Kollegen wenden.

... *Nel prezzo è anche compresa la colazione, vero?*

Im Preis ist auch das Frühstück enthalten, nicht wahr?

Certo. Il nostro ristorante con vista panoramica si trova in terrazza.

Selbstverständlich. Unser Restaurant mit Panoramablick befindet sich auf der Terrasse.

Paghiamo ora o alla partenza?

Sollen wir jetzt oder bei unserer Abreise bezahlen?

Come preferisce. Tenga presente, che oltre alle spese dell'albergo c'è da pagare anche la tassa di soggiorno.

Wie Sie mögen. Beachten Sie bitte, dass außer den Hotelkosten auch die Kurtaxe zu entrichten ist.

Benone! Sistemiamo le valigie in camera e facciamo subito una passeggiata.

Wunderbar! Wir bringen die Koffer aufs Zimmer und machen dann gleich einen Spaziergang.

C'è tanto da scoprire. Buona permanenza!

Es gibt viel zu entdecken. Ich wünsche Ihnen einen schönen Aufenthalt!

GUT ZU WISSEN!

! Fragen Sie an der Hotelbar nach einem **caffè**, so müssen Sie davon ausgehen, dass Ihnen ein *Espresso* serviert wird. Wollen Sie lieber einen *Filterkaffee* haben, dann verlangen Sie einen **caffè americano**. Der kommt dem deutschen Kaffee am nächsten. Beim *Espresso* selbst gibt es eine große Auswahl an Variationen. Hier sind einige davon:

Italienisch	**Deutsch**
caffè (espresso)	*Espresso*
caffè lungo	*Espresso mit doppelter Wassermenge*
caffè ristretto	*Espresso mit reduzierter Wassermenge*
caffè doppio	*entspricht zwei Tassen Espresso*
caffè corretto	*Espresso mit einem Schuss Grappa oder Weinbrand*
caffè macchiato	*Espresso mit einem Schluck Milch*
caffè freddo	*mit Wasser gestreckter, gesüßter Espresso*
caffè liscio	*einfacher Espresso*

AUFGEPASST: Falsche Freunde!

Wenn Sie an der Rezeption nach Ihrer **firma** gefragt werden, so möchte man sich nicht nach Ihrem Unternehmen erkundigen. Vielmehr bittet man Sie um Ihre *Unterschrift*. Für den deutschen Begriff *Firma* verwendet man im Italienischen **ditta** oder **azienda**.

Haben Sie Lust auf einen *Eistee*, dann fragen Sie an der Hotelbar bitte nicht nach einem *tè caldo*. Sie bekämen nämlich ein *Heißgetränk*. **Caldo** bedeutet im Italienischen *warm*, wohingegen **freddo** für *kalt* steht. Korrekt wäre also die Frage nach einem **tè freddo**.

ETAPPEN**SIEG!**

Sie haben es nun geschafft, eine Unterkunft zu finden, Ihre Koffer auszupacken und es sich unter dem neuen Dach bequem zu machen. Noch kurz ausruhen, vielleicht ausschlafen, und dann können Sie in die nächste Phase eintreten: Small Talk – oder einfach nur ein wenig mit den Einheimischen parlieren.

03

Sprechen über **dies und das**

Nun sind Sie ausgeruht und wollen Ihre neu erworbenen Sprachkenntnisse im Gespräch einsetzen. Gelegenheiten zu Smalltalk gibt es reichlich, überall und zu jeder Zeit, auch an den unwahrscheinlichsten Orten.

Ein klassisches Thema ist bekanntlich das Wetter. Vielleicht wagen Sie sich aber auch schon über das seichte Geplänkel hinaus und beteiligen sich an einer richtigen Diskussion.

IL TEMPO

IL TEMPO		Das Wetter
il barometro	[baˈrɔːmetro]	das Barometer
il cielo limpido/nuvoloso	[ˈtʃɛːlo ˈlimpido/ nuvoˈloːso]	der klare/bewölkte Himmel
il meteo	[ˈmɛːteo]	die Wettervorhersage
la nuvola	[ˈnuːvola]	die Wolke
la temperatura	[temperaˈtuːra]	die Temperatur
il tempo	[ˈtɛmpo]	das Wetter
il temporale	[tempoˈraːle]	das Gewitter
il termometro	[terˈmɔːmetro]	das Thermometer
l'umidità *f*	[umidiˈta]	die Feuchtigkeit
il vento	[ˈvɛnto]	der Wind
fa caldo/freddo	[fa ˈkal̪do/ˈfreddo]	es ist warm/kalt
piove	[ˈpjɔːve]	es regnet
nevica	[ˈneːvika]	es schneit

DIBATTITI

DIBATTITI		Debatten
l'affermazione *f*	[affermatˈtsjoːne]	die Behauptung
l'argomento *m*	[argoˈmento]	das Thema
l'assunzione *f*	[assunˈtsjoːne]	die Annahme
la conclusione	[koŋkluˈzjoːne]	die Schlussfolgerung
la conferma	[konˈferma]	die Beteuerung
la convinzione	[konvinˈtsjoːne]	die Überzeugung
la dichiarazione	[dikiaratˈtsjoːne]	die Aussage
l'espressione *f*	[espresˈsjoːne]	der Ausdruck

la supposizione	[suppozitˈtsjoːne]	die Vermutung
affermare che ...	[afferˈmaːre ke ...]	behaupten, dass ...
affermare qc	[afferˈmaːre kualˈkɔːsa]	etw behaupten
avere ragione/torto	[aˈveːre raˈdʒoːne/ˈtɔrto]	Recht/Unrecht haben
avere ragione in merito a qu/qc	[aˈveːre raˈdʒoːne in ˈmɛːrito a kualˈkuːno/ kualˈkɔːsa]	Recht haben, was jdn/etw angeht
concludere che ...	[koŋˈkluːdere ke ...]	schlussfolgern, dass ...
confermare	[konferˈmaːre]	beteuern, bestätigen
esprimere	[esˈpriːmere]	äußern
essere convinto/-a che ...	[ˈɛssere konˈvinto/-a ke ...]	überzeugt sein, dass ...
essere dell'opinione che ...	[ˈɛssere dellopiˈnjoːne ke ...]	auf dem Standpunkt stehen, dass ...
far notare (a qu) che ...	[far noˈtaːre (a kualˈkuːno) ke ...]	(jdn) darauf hinweisen, dass ...
informarsi come/se ...	[inforˈmarsi ˈkoːme/se]	nachfragen, wie/ob ...
mettere qc in evidenza/ rilievo	[ˈmettere kualˈkɔːsa in eviˈdɛntsa/riˈljɛːvo]	etw hervorheben
negare (di aver commesso qc)	[neˈgaːre (di aˈver komˈmesso kualˈkɔːsa)]	leugnen(, etw getan zu haben)
presumere che ...	[preˈsuːmere ke ...]	annehmen, dass ...
rispondere	[risˈpondere]	antworten
sbagliarsi sul conto di qu/qc	[zbaʎˈʎarsi sul ˈkonto di kualˈkuːno/kualˈkɔːsa]	sich in jdm/etw irren
sopportare qc	[sopporˈtaːre kualˈkɔːsa]	etw ertragen
sostenere che ...	[sosteˈneːre ke ...]	behaupten, dass ...
sottolineare qc	[sottolineˈaːre kualˈkɔːsa]	etw unterstreichen
supporre che ...	[supˈporre ke ...]	vermuten, dass ...

PARLARE DEL TEMPO		Über das Wetter sprechen
Che tempo fa?	[ke ˈtɛmpo fa]	Wie ist das Wetter?
Quali sono le previsioni del tempo?	[ˈkuaːli ˈsoːno le previˈzjoːni del ˈtɛmpo]	Wie ist die Wettervorhersage?
Fa bel/cattivo tempo.	[fa bɛl/katˈtiːvo ˈtɛmpo]	Das Wetter ist schön/ schlecht.
Pare che il tempo cambi.	[ˈpaːre ke il ˈtɛmpo ˈkambi]	Es scheint, als ob sich das Wetter ändert.
Oggi è una giornata afosa.	[ˈɔddʒi ɛ ˈuːna dʒorˈnaːta aˈfoːsa]	Heute ist es schwül.
Quanti gradi ci sono?	[ˈkuanti ˈgraːdi tʃi ˈsoːno]	Wie viel Grad haben wir?
Sta arrivando un temporale.	[sta arriˈvando un tempoˈraːle]	Ein Gewitter zieht auf.

REAGIRE		Reagieren
Ah, ecco!	[a ˈɛkko]	Aha!
Capisco.	[kaˈpisko]	Verstehe.
Molto interessante!	[ˈmolto interesˈsante]	Sehr interessant.
Mi sembra proprio incredibile.	[mi ˈsembra ˈprɔːprio iŋkreˈdiːbile]	Ich halte das wirklich für unglaublich.
Detto così ...	[ˈdetto koˈsi ...]	So ausgedrückt, ...
Suppongo che ...	[supˈpoŋgo ke ...]	Ich nehme an, dass ...
Interessante/terribile!	[interesˈsante/ terˈriːbile]	Interessant/Schrecklich!
Dunque, posso soltanto replicare che ...	[ˈduŋkue ˈpɔsso solˈtanto repliˈkaːre ke ...]	Nun, ich kann nur antworten, dass ...

INIZIARE UNA CONVERSAZIONE — Ein Gespräch beginnen

Ha sentito di ...?	[a sen'ti:to di ...]	Haben Sie von ... gehört?
Sa qualcosa su ...?	[sa kual'kɔ:sa su ...]	Wissen Sie etwas über ...?
Che pensa di ...?	[ke 'pensa di ...]	Was halten Sie von ...?
Qual è la Sua opinione in merito a ...?	[kua'lɛ la 'su:a opi'njo:ne in 'mɛ:rito a ...]	Wie ist Ihre Meinung zu ...?
Pensa che ...?	['pensa ke ...]	Glauben Sie, dass ...?
È vero che ...?	[ɛ 've:ro ke ...]	Ist es wahr, dass ...?

CONTINUARE AD INDAGARE — Nachhaken

Cosa intende con ...?	['kɔ:sa in'tɛnde kon ...]	Was meinen Sie mit ...?
Non lo sapevo. Può ...?	[non lo sa'pe:vo 'puɔ ...]	Das wusste ich nicht. Können Sie ...?
Posso porLe una controdomanda?	['pɔsso 'porle 'u:na kontrodo'manda]	Darf ich Ihnen eine Gegenfrage stellen?
Potrebbe spiegarmelo?	[po'trɛbbe spje'garmelo]	Könnten Sie mir das bitte erklären?

ELUDERE UNA DOMANDA — Einer Frage ausweichen

Non so cosa pensarne.	[non so 'kɔ:sa pen'sarne]	Ich weiß nicht so recht, was ich davon halten soll.
Non ne sono molto informato/-a.	[non ne 'so:no 'molto infor'ma:to/-a]	Darüber weiß ich nicht viel.
Non penso di voler rispondere.	[non 'penso di vo'ler ris'pondere]	Ich glaube nicht, dass ich darauf eine Antwort geben will.
È troppo difficile per me.	[ɛ 'trɔppo dif'fi:tʃile per me]	Das ist mir viel zu hoch.

Prima di rispondere vorrei ...	[ˈpriːma di risˈpondere vɔrˈrɛːi ...]	Bevor ich darauf antworte, möchte ich zuerst ...
Temo che debba chiedere a qualcun altro.	[ˈteːmo ke ˈdɛbba ˈkjɛːdere a kualˈkun ˈaltro]	Da müssen Sie leider jemand anderen fragen.
Posso aggiungere che ...?	[ˈpɔsso adˈdʒundʒere ke ...]	Darf ich noch dazu sagen, dass ...?
Non ne ho la più pallida idea.	[non ne ɔ la pju ˈpallida iˈdɛːa]	Ich habe nicht die geringste Ahnung davon.

CAMBIARE ARGOMENTO

Das Thema wechseln

In ogni modo, sapeva che ...?	[in ˈoːɲi ˈmɔːdo saˈpeːva ke ...]	Wie auch immer, wussten Sie, dass ...?
Che impressione ha di ...?	[ke impresˈsjoːne a di ...]	Welchen Eindruck haben Sie von ...?
Prima aveva menzionato che ...	[prima avˈeːva mentsjoˈnaːto ke ...]	Vorhin hatten Sie erwähnt, dass ...
A proposito di ..., cosa ...?	[a proˈpoːsito di ... ˈkɔːsa ...]	Apropos ..., was ...?
Mi fa venire in mente: cosa ...?	[mi fa veˈniːre in ˈmente ˈkɔːsa ...]	Dabei fällt mir ein: Was ...?
Strano che Lei dica questo, tuttavia ...	[ˈstraːno ke ˈleːi ˈdiːka ˈkuesto tuttaˈviːa ...]	Komisch, dass Sie das sagen, aber ...
Stavamo parlando di ... Cosa ...?	[staˈvaːmo parˈlando di ... ˈkɔːsa ...]	Wir hatten vorhin über ... geredet. Was ...?
Vorrei aggiungere una considerazione in merito a quanto detto poc'anzi.	[vɔrˈrɛːi adˈdʒundʒere ˈuːna konsideratˈtsjoːne in ˈmɛːrito a ˈkuanto ˈdetto pokˈantsi]	Ich möchte noch gerne etwas zu dem vorhin Erwähnten hinzufügen.
Non è il mio campo, ma potrei ...	[non ɛ il ˈmiːo ˈkampo ma poˈtrɛːi ...]	Da kenne ich mich nicht aus, aber ich könnte ...

Purtroppo l'argomento esula completamente dalla mia competenza. Che ne dice di cambiare discorso?	[pur'trɔppo largo'mento 'e:zula 'dalla 'mi:a kompe'tɛntsa ke ne 'di:tʃe di kam'bja:re dis'korso]	Da bin ich leider völlig überfragt. Wie wärs mit einem Themenwechsel?

CONCLUDERE UNA CONVERSAZIONE

Ein Gespräch beenden

È stato molto interessante. Spero che possiamo continuare in altra occasione.	[ɛ 'sta:to 'molto interes'sante 'spe:ro ke pos'sja:mo kontinu'a:re in 'altra okka'zjo:ne]	Das war höchst interessant! Hoffentlich können wir ein anderes Mal (damit) fortfahren.
Mi spiace interromperla, ma devo veramente ...	[mi 'spja:tʃe inter'romperla ma 'de:vo vera'mente ...]	Es tut mir leid, dass ich Ihnen ins Wort falle, aber ich muss wirklich ...
Peccato che debba andarmene proprio ora. Forse potremmo riallacciare più tardi il nostro discorso.	[pek'ka:to ke 'dɛbba an'darmene 'prɔ:prio 'o:ra 'forse pot'rɛmmo rialla'tʃa:re pju 'tardi il 'nɔstro dis'korso]	Schade, dass ich jetzt gehen muss. Vielleicht könnten wir das Gespräch später wiederaufnehmen.
Grazie della piacevolissima conversazione.	['grattsje 'della pjatʃevo'lissima konversat'tsjo:ne]	Danke für das wirklich angenehme Gespräch.

CONCLUDERE UNA CONVERSAZIONE PRIMA CHE INIZI

Ein Gespräch beenden, bevor es überhaupt anfängt

Mi dispiace molto. Mi piacerebbe chiacchierare un po' con Lei, ma purtroppo ...	[mi dis'pja:tʃe 'molto mi pjatʃe'rɛbbe kjakkje'ra:re un pɔ kon 'lɛ:i ma pur'trɔppo ...]	Es tut mir leid. Sehr gern würde ich mit Ihnen plaudern, aber ...

PIANIFICARE LA GIORNATA

Den Tag planen

Buongiorno!
Hai dormito bene?

Guten Morgen!
Hast du gut geschlafen?

Sì, abbastanza bene. E tu?

Ja, ganz gut. Und du?

Anch'io, grazie!
Allora, cosa facciamo oggi?

Ich auch, danke.
Nun, was wollen wir heute unternehmen?

Non lo so ...
Hai qualche idea?

Keine Ahnung ...
Hast du eine Idee?

Potremmo visitare un museo
o fare una gita al mare.

Wir könnten in ein Museum gehen oder einen Ausflug ans Meer machen.

Il mare mi piace,
ma ho sentito che oggi farà molto caldo.

Das Meer finde ich gut, aber ich habe gehört, dass es heute sehr heiß werden soll.

È vero. Forse è meglio visitare un museo con aria condizionata.

Stimmt. Vielleicht ist es besser, in ein klimatisiertes Museum zu gehen.

Sì, buona idea! Andiamo a vedere quel museo di arte moderna?

Ja, gute Idee! Sollen wir in dieses Museum für moderne Kunst gehen?

Perfetto! E poi possiamo prendere un gelato.

Perfekt! Und danach können wir ein Eis essen.

Ottimo piano! Andiamo!

Toller Plan! Lass uns gehen!

ALLA SCOPERTA DELLA CITTÀ

Auf Entdeckungstour in der Stadt

Guarda, che begli edifici! Ti piacciono?

Sieh mal, was für schöne Gebäude. Gefallen sie dir?

Sì, tantissimo! Amo l'architettura locale.

Ja, sehr! Ich finde die Architektur hier toll.

Ogni strada qui ha un'atmosfera speciale.

Hier hat jede Straße eine besondere Atmosphäre.

Esatto! E ogni palazzo ha la sua storia. Guarda quei balconi!

Stimmt! Und jedes Haus hat eine eigene Geschichte. Sieh dir die Balkone dort an!

Sono bellissimi! E poi le facciate ... i colori sono così caldi.

Sie sind wunderschön! Ganz zu schweigen von den Fassaden ... sie haben so warme Farben.

Proprio così! E quelle finestre con le persiane verdi. Sono così tipiche.

Genauso ist es! Und dann die Fenster mit den grünen Läden. Sie sind so typisch für hier.

Facciamo qualche foto? Voglio ricordarmi di questi posti.

Machen wir ein paar Fotos? Ich möchte diese Orte in Erinnerung behalten.

Aspetta, mi metto qui. Scatta la foto!

Warte, ich stelle mich hier hin. Du kannst jetzt fotografieren!

GUT ZU WISSEN!

! In Italien unterhält man sich gerne – immer und überall. Nicht einmal in der Kirche bringt man es fertig zu schweigen. Lassen Sie sich darauf ein! Es macht großen Spaß, auch wenn beispielsweise bei einer Tafelrunde zuweilen alle gleichzeitig sprechen.

! Irgendwie funktioniert es aber doch und am Ende ist das Gefühl der Vertrautheit groß. Vorsicht allerdings bei der Themenwahl: Bei Politik und Fußball kann es mitunter recht hitzig zugehen.

! Besonders beliebt sind alltägliche Gespräche über Essen, Familie oder das Wetter – Themen, die immer für ein freundliches Miteinander sorgen. Ein einfaches Kompliment zur **pasta della nonna** oder eine Bemerkung über das sonnige Wetter können schnell zu einer angeregten Plauderei führen. Scheuen Sie sich nicht, mit einzusteigen – auch wenn es manchmal laut und lebhaft zugeht, gehört genau das zur italienischen Lebensart.

AUFGEPASST: *Falsche Freunde!*

Im Italienischen steht **stipendio** für *Gehalt*. Wenn man aber über finanzielle *Studienförderung* sprechen möchte, sollte man den Begriff **borsa di studio** verwenden.

Die **nonna** ist in Italien die *Großmutter* und keine Ordensschwester. Diese wird **monaca** oder auch **suora** genannt.

ETAPPEN**SIEG!**

Ihre Smalltalk-Kenntnisse haben Ihre Freunde so sehr beeindruckt, dass sie Sie zum Essen eingeladen haben. Das nächste Kapitel bereitet Sie darauf vor.

04

Lecker **essen und trinken**

Esskultur wird in Italien großgeschrieben.

Dabei stellt das Essen weitaus mehr als die simple Nahrungsaufnahme dar. Eine Mahlzeit besteht in der Regel aus mehreren Gängen und ist stets auch mit Genuss verbunden.

Überdies hat sie eine soziale Bedeutung: Man isst im Familienkreis, mit Freunden, Nachbarn, Kollegen und unterhält sich dabei auch ausgiebig. So braucht es nicht zu verwundern, dass ein Mahl sich – vor allem am Wochenende – über mehrere Stunden hinziehen kann.

IN GENERALE

Allgemeines

il menu	[me'nu]	die Speisekarte
la lista dei vini	['lista 'de:i 'vi:ni]	die Weinkarte
la porzione	[por'tsjo:ne]	die Portion
l'ordinazione *f*	[ordinat'tsjo:ne]	die Bestellung

TIPI DI RISTORO

Verpflegungsarten

il ristorante	[risto'rante]	das Restaurant
il self service	[sɛlf'sɛrvis]	das Selbstbedienungs-restaurant
la rosticceria	[rostittʃe'ri:a]	der Imbiss/ die Rotisserie
la trattoria	[tratto'ri:a]	die Gastwirtschaft

LE PORTATE

Die Gänge

il contorno	[kon'torno]	die Beilage
il dolce	['doltʃe]	der Nachtisch
il primo	['pri:mo]	der erste Gang
il secondo	[se'kondo]	der zweite Gang, der Hauptgang
l'antipasto *m*	[anti'pasto]	die Vorspeise

IL COPERTO — Das Gedeck

il bicchiere	[bik'kjɛ:re]	das Glas
il coltello	[kol'tɛllo]	das Messer
il cucchiaino	[kukkja'i:no]	der Tee-/Dessertlöffel
il cucchiaio	[kuk'kja:io]	der Löffel
il piatto	['pjatto]	der Teller
il tovagliolo	[tovaʎ'ʎɔ:lo]	die Serviette
la forchetta	[for'ketta]	die Gabel
le posate *f pl*	[po'sa:te]	das Besteck

PIATTI — Speisen

il pesce	['peʃʃe]	die Fischgerichte *nt pl*
la carne	['karne]	das Fleisch
la pasta	['pasta]	die Nudeln *f pl*
la salsa	['salsa]	die Soße
l'insalata *f*	[insa'la:ta]	der Salat
il riso	['ri:so]	der Reis

BEVANDE — Getränke

il vino	['vi:no]	der Wein
la bevanda	[be'vanda]	das Getränk
la bevanda analcolica	[be'vanda anal'kɔ:lika]	das alkoholfreie Getränk
la birra	['birra]	das Bier
l'acqua *f* (gassata/liscia)	['akkua (gas'sa:ta/'liʃʃa)]	das (kohlensäurehaltige/ stille) Wasser

IN GENERALE		Allgemeines
Avete ...?	[a've:te ...]	Haben Sie ...?
Vorrei (ordinare) ...	[vɔr'rɛ:i (ordi'na:re) ...]	Ich möchte ... (bestellen).
..., ma con/senza ... per cortesia.	[... ma kon/'sɛntsa ... per korte'zi:a]	..., aber mit/ohne ... bitte.
Qual è il piatto del giorno?	[kua'lɛ il 'pjatto del 'dʒorno]	Was ist das Tagesgericht?
Contiene alcol/noci?	[kon'tjɛ:ne 'alkol/ 'no:tʃi]	Enthält es Alkohol/Nüsse?
Non l'ho ordinato.	[non lɔ ordi'na:to]	Das habe ich nicht bestellt.
Posso averne due/ tre porzioni?	['pɔsso a'verne 'du:e/ tre por'tsjo:ni]	Kann ich das bitte zwei-/ dreimal haben?
Posso avere un altro/ un'altra ...?	['pɔsso a've:re un 'altro/u'naltra ...]	Kann ich noch ein/eine/ einen ... haben?
Quanto fa complessivamente?	['kuanto fa komplessiva'mente]	Wie viel kostet das alles zusammen?
Può cambiare 100 Euro?	['puɔ kam'bja:re 'tʃɛnto 'euro]	Können Sie 100 Euro wechseln?
Portrebbe portarmi un coltello da bistecca/pesce?	[po'trɛbbe por'tarmi un kol'tɛllo da bis'tekka/ 'peʃʃe]	Könnten Sie mir bitte ein Steak-/Fischmesser bringen?
C'è un ristorante cinese/ indiano qui vicino?	[tʃɛ un risto'rante tʃi'ne:ze/in'dja:no ku'i vi'tʃi:no]	Gibt es ein chinesisches/ indisches Restaurant hier in der Nähe?
Che ne dici di andare in paninoteca?	[ke ne 'di:tʃi di an'da:re in panino'tɛ:ka]	Was hältst du davon, in einen Sandwichladen zu gehen?
Manca un piatto fondo/ piano.	['maŋka un 'pjatto 'fondo/'pja:no]	Es fehlt ein tiefer/flacher Teller.
Ha una tazza più grande?	[a 'una 'tattsa 'pju 'grande]	Haben Sie eine größere Tasse?
Posso avere una pizza da asporto?	['pɔsso a've:re 'una 'pittsa da a'spɔrto]	Kann ich eine Pizza zum Mitnehmen haben?

IN ROSTICCERIA

In einem Imbiss

Dove sono le posate?	[ˈdoːve ˈsoːno le poˈsaːte]	Wo ist das Besteck?
Posso sedermi qui?	[ˈpɔsso seˈdermi kuˈi]	Darf ich mich hier hinsetzen?
Potrebbe passarmi il sale/pepe?	[poˈtrɛbbe pasˈsarmi il ˈsaːle/ˈpeːpe]	Reichen Sie mir bitte das Salz/den Pfeffer?
Dove vanno i vassoi?	[ˈdoːve ˈvanno i vasˈsoi]	Wo müssen die Tabletts hin?

PRIMA DI ORDINARE

Vor der Bestellung

Ho prenotato un tavolo per due.	[ɔ prenoˈtaːto un ˈtaːvolo per ˈduːe]	Ich habe einen Tisch für zwei reserviert.
Mi porterebbe il menu / la lista dei vini?	[mi porteˈrɛbbe il meˈnu / la ˈlista ˈdeːi ˈviːni]	Können Sie mir bitte die Speise-/Weinkarte bringen?
Fate anche porzioni per bambini?	[ˈfaːte ˈaŋke porˈtsjoːni per bamˈbiːni]	Bieten Sie auch Kinderportionen an?
Avete un seggiolone?	[aˈveːte un seddʒoˈloːne]	Haben Sie einen (Kinder-) Hochstuhl?
È possibile prenotare un tavolo per una persona / ... persone?	[ɛ posˈsiːbile prenoˈtaːre un ˈtaːvolo per ˈuna perˈsoːna/... perˈsoːne]	Ist es möglich einen Tisch für eine Person / ... Personen zu reservieren?

L'ORDINAZIONE

Die Bestellung

Come antipasto / primo vorrei ...	[ˈkoːme antiˈpasto / ˈpriːmo vɔrˈrɛːi ...]	Als Vorspeise / ersten Gang möchte ich ...
Poi prendo ...	[ˈpɔːi ˈprɛndo ...]	Danach nehme ich ...
Quale vino ci può consigliare?	[ˈkuale ˈviːno tʃi puo konsiʎˈʎaːre]	Welchen Wein würden Sie uns empfehlen?

Che tipi di zuppa ci sono?	[ke 'ti:pi di 'tsuppa tʃi 'so:no]	Was für Suppen gibt es?
Il sapore è un po' amaro.	[il sa'po:re ɛ un 'pɔ a'ma:ro]	Der Geschmack ist etwas bitter.
Gradisce del salame piccante?	[gra'diʃʃe del sa'la:me pik'kante]	Hätten Sie gerne scharfe Salami?
Questo piatto è vegan/ vegetariano?	['kuesto 'pjatto ɛ 'vegan/vedʒeta'rja:no]	Ist dieses Gericht vegan/ vegetarisch?

RICHIESTE SPECIALI

Sonderwünsche

Potrei avere ...?	[po'trɛ:i a've:re ...]	Könnte ich ... haben?
La bistecca la vorrei a cottura media / al sangue.	[la bis'tekka la vɔr'rɛ:i a kot'tu:ra 'mɛ:dja / al 'saŋgue]	Das Steak möchte ich bitte halb durchgebraten/blutig.
Posso avere del riso al posto delle patate?	['pɔsso a've:re del 'ri:so al 'posto 'delle pa'ta:te]	Könnte ich Reis statt Kartoffeln haben?
Come contorno prendo patate al forno.	['ko:me kon'torno 'prɛndo pa'ta:te al 'forno]	Als Beilage nehme ich Bratkartoffeln.
Potrebbe metterlo in un sacchetto?	[po'trɛbbe 'metterlo in un sak'ketto]	Könnten Sie das bitte einpacken?

PROBLEMI

Probleme

Manca/mancano ...	['maŋka/'maŋkano ...]	Es fehlt/fehlen ...
La zuppa è fredda/troppo salata.	[la 'tsuppa ɛ 'fredda/ 'trɔppo sa'la:ta]	Die Suppe ist kalt/ versalzen.
La carne non è cotta.	[la 'karne non ɛ 'kɔtta]	Das Fleisch ist nicht gar.
Prego, lo riporti indietro.	['prɛ:go lo ri'porti in'djɛ:tro]	Bitte nehmen Sie es zurück.

Vorrei parlare con lo chef / il direttore di sala.	[vɔrˈrɛ:i parˈla:re kon lo ʃɛf / il diretˈto:re di ˈsa:la]	Ich möchte den Koch/ Manager sprechen.
Il riso è troppo salato.	[il ˈri:zo ɛ ˈtrɔppo saˈla:to]	Der Reis ist versalzen.

IL CONTO

Die Rechnung

Vorrei pagare.	[vɔrˈrɛ:i paˈga:re]	Ich möchte gerne zahlen.
Il conto, per favore.	[il ˈkonto per faˈvo:re]	Die Rechnung bitte.
Vorremmo pagare separatamente.	[vɔrˈrɛmmo paˈga:re separataˈmente]	Wir möchten bitte getrennt zahlen.
Faccia un unico conto.	[ˈfattʃa un ˈu:niko ˈkonto]	Zusammen bitte.
Vorrei pagare in contante / con carta di credito.	[vɔrˈrɛ:i paˈga:re in konˈtante / kon la ˈkarta di ˈkre:dito]	Ich möchte bar / mit Kreditkarte zahlen.

ELOGI

Lob

Il pasto è stato eccellente. Complimenti al cuoco!	[il ˈpasto ɛ ˈsta:to ettʃelˈlɛnte kompliˈmenti al ˈkuɔ:ko]	Das Essen war vorzüglich. Dem Koch bitte mein Kompliment!
Il cibo era delizioso!	[il ˈtʃi:bo ˈɛ:ra deliˈtsjo:so]	Das Essen war ausgezeichnet!
Complimenti per l'eccellente servizio!	[kompliˈmenti per letʃelˈlɛnte serˈvi:tsjo]	Kompliment für den vorzüglichen Service!
Torneremo sicuramente!	[torneˈre:mo sikuraˈmɛnte]	Wir kommen ganz bestimmt wieder!

IN GIRO

Unterwegs

Bella questa zona!

Schön, die Gegend hier.

Sì, c'è tanto da vedere.

Ja, es gibt viel zu sehen.

E ci sono anche tanti negozi e ristoranti.

Und es gibt auch viele Geschäfte und Restaurants.

A proposito di ristoranti ...
Hai già fame?

Apropos Restaurants ...
Hast du schon Hunger?

Non ancora, ma possiamo già scegliere dove andare.
Ho visto che ci sono molti posti interessanti.

Noch nicht, aber wir können schon überlegen, wo wir hingehen.
Ich habe gesehen, dass es viele interessante Lokale gibt.

Che ti va? Una pizza o un bel piatto di pasta?
O preferisci qualcosa di diverso?

Worauf hast du Lust?
Auf eine Pizza oder ein leckeres Nudelgericht?
Oder möchtest du lieber etwas anderes?

Mmm ... difficile scegliere!
Mi piace la pizza, ma anche la pasta è buonissima.

Hmmm ... schwer zu entscheiden!
Ich mag Pizza, aber Nudeln sind auch spitze.

E che ne dici di un pollo?
Ho sentito parlare di
una buona rosticceria qui vicino.

Was hältst du dann von einem Hähnchen?
Es soll hier in der Nähe
ein gutes Grillrestaurant geben.

Andiamo in rosticceria!

Lass uns ins Grillrestaurant gehen!

Perfetto!

Ausgezeichnet!

AL RISTORANTE

Im Restaurant

Posso già portare qualcosa da bere?

Kann ich schon etwas zu trinken bringen?

Volentieri! Prendiamo un'aranciata ed un bicchiere di vino rosso.

Gerne! Wir nehmen eine Orangenlimonade und ein Glas Rotwein.

Avete anche scelto qualcosa da mangiare?

Haben Sie auch schon etwas zu essen gewählt?

Sì, pollo con contorno di patate arrosto.

Ja, Huhn mit Bratkartoffeln als Beilage.

Il dessert lo potete ordinare dopo. Arrivo subito con le bevande.

Den Nachtisch können Sie auch später noch bestellen. Ich bringe gleich die Getränke.

Grazie. Una domanda: È possibile pagare con la carta?

Danke. Eine Frage: Kann man mit Karte zahlen?

Sì, può pagare sia in contanti, sia con carta di credito.

Ja, Sie können sowohl bar als auch mit Kreditkarte bezahlen.

Per fortuna! Temo di aver lasciato il portafoglio in albergo.

Zum Glück! Ich fürchte, ich habe meine Brieftasche im Hotel vergessen.

GUT ZU WISSEN!

! In Italien nimmt man die Mahlzeiten normalerweise später als in Deutschland ein. Im Sommer kann es abends auch schon neun Uhr werden, bevor man sich an den Tisch setzt. Und für diejenigen, die nachts noch Lust auf einen Imbiss haben, gibt es die berüchtigten **spaghetti a mezzanotte**.

! Falls Sie auswärts essen, werden Sie auf Ihrer Restaurantrechnung mit großer Sicherheit den Posten **coperto** finden. Es handelt sich hierbei um eine Gebühr für die „Tischutensilien" pro Gast wie beispielsweise die Tischdecke, die Serviette, das Besteck, die Gläser usw. Manchmal liest man auch **coperto e servizio**. In diesem Fall wird eine Servicegebühr für das Tischpersonal gleich miterhoben.

! Wenn die Servicegebühr nicht inklusive ist, lässt man das *Trinkgeld*, **mancia**, auf dem Tisch liegen, nachdem man die Rechnung beglichen hat. Anders als in Deutschland ist es nicht üblich, direkt beim Bezahlen aufzurunden.

AUFGEPASST:
Falsche Freunde!

Fehlt auf dem Tisch das *Besteck*, so verlangen Sie bitte nach **posate**. Wenn Sie nämlich nach einem **bistecca** fragen, erhalten Sie ein *Steak*. Sind Sie es von zu Hause aus gewohnt, auf dem Frühstückstisch eine Tee- bzw. *Kaffeekanne* stehen zu haben, dann lassen Sie sich nach Möglichkeit eine **teiera** oder **caffettiera** bringen. Wenn Sie nach einer **canna** verlangen, wird man Sie ungläubig anschauen, denn Sie verlangen entweder nach einem *Rohr* oder einem *Joint*.

ETAPPENSIEG!

Sie haben es geschafft!
Ein gutes Essen, noch ein Schwätzchen mit der Bedienung und Sie kehren nun wohlig satt nach Hause. Morgen haben Sie eine Verabredung und Sie werden viele Leute kennenlernen.

Das nächste Kapitel zeigt Ihnen, auf welch vielfältige Art und Weise man sich begrüßen kann.

05

Hallo, **wie geht's?**

Neue Menschen kennenzulernen kann im Ausland herausfordernd sein – aber Italien ist Ihnen ja schon vertraut!

Außerdem sind die Menschen in Italien in dieser Hinsicht sehr offen. Gehen Sie also auf die Leute zu und Sie werden sehen, wie leicht es ist, neue Kontakte zu knüpfen oder in einen bestehenden Freundeskreis aufgenommen zu werden.

Auf den nächsten Seiten finden Sie das passende Vokabular.

SALUTI — Begrüßung

il saluto	[sa'lu:to]	die Begrüßung
buongiorno/buonasera	[buon'dʒorno/ 'buo:na'se:ra]	guten Tag/Abend
salve	['salve]	hallo
ciao	['tʃa:o]	hallo
benvenuto/-a *m/f*	[benve'nu:to/-a]	willkommen
piacere!	[pia'tʃe:re]	freut mich!

COMMIATO — Verabschiedung

arrivederci	[arrive'dertʃi]	auf Wiedersehen
ciao	['tʃa:o]	tschüss
a domani	[a do'ma:ni]	bis morgen
a presto	[a 'prɛsto]	bis bald
buona giornata	['buɔ:na dʒor'na:ta]	schönen Tag
buona serata	['buɔ:na se'ra:ta]	schönen Abend
buonanotte	[buona'nɔtte]	gute Nacht

DATI PERSONALI — Persönliche Angaben

il cognome	[koɲ'ɲo:me]	der Nachname
il nome	['no:me]	der Vorname
il secondo nome	[se'kondo 'no:me]	der zweite Vorname
l'indirizzo *m*	[indi'rittso]	die Adresse
l'età *f*	[e'ta]	das Alter
la professione	[profes'sjo:ne]	der Beruf

RAPPORTI (DI PARENTELA)

		(Verwandtschafts)-beziehungen
l'amico *m* / l'amica *f*	[a'mi:ko / a'mi:ka]	der Freund / die Freundin
il compagno / la compagna	[kom'pa:ɲo / kom'pa:ɲa]	der Partner / die Partnerin
il/la conoscente	[konoʃ'ʃɛnte]	der/die Bekannte
il fidanzato / la fidanzata	[fidan'tsa:to / fidan'tsa:ta]	der/die Verlobte
il figlio / la figlia	['fiʎʎo / 'fiʎʎa]	der Sohn / die Tochter
il fratello	[fra'tɛllo]	der Bruder
i genitori *m pl*	[dʒeni'to:ri]	die Eltern *pl*
il marito	[ma'ri:to]	der Ehemann
la moglie	['moʎʎe]	die Ehefrau
la sorella	[so'rɛlla]	die Schwester

ALTRO

		Sonstiges
(alla) salute	[('alla) sa'lu:te]	zum Wohl
l'incontro *m*	[iŋ'kontro]	die Begegnung
l'invito *m*	[in'vi:to]	die Einladung
la presentazione	[prezentat'tsjo:ne]	die Vorstellung
chiamarsi	[kja'marsi]	heißen
dare il benvenuto	['da:re il benve'nu:to]	willkommen heißen
fare la conoscenza di qu	['fa:re la konoʃ'ʃɛntsa di kual'ku:no]	jdn kennenlernen
incontrare	[iŋkon'tra:re]	treffen, begegnen
presentarsi	[prezen'tarsi]	sich vorstellen
venire da	[ve'ni:re da]	kommen aus
fare amicizia	['fa:re ami'tʃittsja]	Freundschaft schließen
vivere a	['vi:vere a]	leben in
conoscere	[ko'noʃʃere]	kennen(lernen)

IN GENERALE — Allgemeines

Come sta?	[ˈkoːme sta]	Wie geht es Ihnen?
Bene, grazie. E Lei?	[ˈbɛːne ˈgrattsje e ˈlɛːi]	Gut, danke. Und Ihnen?
Come si chiama?	[ˈkoːme si ˈkjaːma]	Wie heißen Sie?
Mi chiamo Rossi, Antonio Rossi. E Lei?	[mi ˈkjaːmo ˈrossi anˈtoːnio ˈrossi e ˈlɛːi]	Ich heiße Rossi, Antonio Rossi. Und Sie?
Posso chiamarla ...?	[ˈpɔsso kjaˈmarla ...]	Darf ich Sie ... nennen?
Mi chiami ...	[mi ˈkjaːmi ...]	Nennen Sie mich ...
Posso portarLe qualcosa?	[ˈpɔsso porˈtarle kualˈkɔːsa]	Darf ich Ihnen etwas bringen?
Potrebbe portarmi ...?	[poˈtrɛbbe porˈtarmi ...]	Könnten Sie mir bitte ... bringen?
Gradisce qualcosa da bere?	[gradiʃˈʃe kualˈkɔːsa da ˈbeːre]	Möchten Sie etwas zu trinken?
C'è anche il sindaco?	[tʃɛ ˈaŋke il ˈsindako]	Ist auch der Bürgermeister da?
Chi è la padrona di casa?	[ki ɛ la paˈdroːna di ˈkaːsa]	Wer ist die Gastgeberin?
Sono nuovo in ufficio.	[ˈsoːno ˈnuɔːvo in ufˈfiːtʃo]	Ich bin neu im Büro.
Sono soltanto da poco in città.	[ˈsoːno solˈtanto da ˈpɔːko in tʃitˈta]	Ich bin erst seit Kurzem in der Stadt.
Puoi darmi del tu.	[ˈpuɔːi ˈdarmi del tu]	Du kannst mich duzen.
Non darmi del Lei. Non sono poi così anziano.	[non ˈdarmi del ˈleːi non ˈsoːno ˈpɔːi koˈsi anˈtsjaːno]	Siez mich nicht. So alt bin ich noch nicht.

PRESENTAZIONI — Vorgestellt werden

Posso presentarLe ...?	[ˈpɔsso prezenˈtarle ...]	Darf ich Ihnen ... vorstellen?
Ha già fatto la conoscenza di ...?	[ha dʒa ˈfatto la konoʃˈʃɛntsa di ...]	Haben Sie schon ... kennengelernt?

Vorrei presentarLe ...	[vɔrˈrɛːi prezenˈtarle ...]	Ich möchte Ihnen gerne ... vorstellen.
Deve proprio conoscere ...	[ˈdɛːve ˈprɔːprio koˈnoʃʃere ...]	Sie müssen unbedingt ... kennenlernen.
Lui/Lei è ...	[ˈluːi/ˈlɛːi ɛ ...]	Er/Sie ist ...
Signora Bianchi, questo è il signor Schmidt.	[siɲˈɲoːra ˈbjaŋki ˈkuesto ɛ il siɲˈɲor ˈʃmitt]	Frau Bianchi, das ist Herr Schmidt.
Potrebbe presentarmi a ...?	[poˈtrɛbbe prezenˈtarmi a ...]	Würden Sie mich bitte ... vorstellen?
Carla, questo è il mio compagno Eduardo.	[ˈkarla ˈkuesto ɛ il ˈmiːo komˈpaːɲo eduˈardo]	Carla, das ist mein Partner Eduardo.
Grazia è la direttrice dell'accademia presso la quale lavoro. Sii gentile con lei!	[ˈgrattsja ɛ la diretˈtriːtʃɛ dellakkaˈdeːmia ˈprɛsso la ˈkuaːle laˈvoːro si dʒenˈtiːle kon ˈleːi]	Grazia ist die Direktorin der Akademie, an der ich arbeite. Sei nett zu ihr!

PRESENTARSI

Sich vorstellen

Posso presentarmi?	[ˈpɔsso prezenˈtarmi]	Darf ich mich vorstellen?
Buongiorno, sono ...	[buonˈdʒorno ˈsoːno ...]	Guten Tag, ich bin ...
Mi chiamo ...	[mi ˈkjaːmo ...]	Ich heiße ...
Il mio nome è ...	[il ˈmiːo ˈnome ɛ ...]	Mein Name ist ...
Sono il fratello di Chiara.	[ˈsoːno il fraˈtɛllo di ˈkjaːra]	Ich bin Chiaras Bruder.
Sono il nuovo stagista. Oggi è il mio primo giorno.	[ˈsoːno il ˈnuɔːvo staˈdʒista ˈɔddʒi ɛ il ˈmiːo ˈpriːmo ˈdʒorno]	Ich bin der neue Praktikant. Heute ist mein erster Tag.
Sono la nuova chef.	[ˈsoːno la ˈnuɔːva ʃɛf]	Ich bin die neue Chefköchin.
Partecipo ad uno scambio.	[parˈteːtʃipo ad ˈuːno ˈskambio]	Ich nehme an einem Austausch teil.

INFORMAZIONI PERSONALI

Persönliches

Vengo dalla Germania.	[ˈvɛŋgo ˈdalla dʒerˈma:nja]	Ich komme aus Deutschland.
Da che parte della Germania viene?	[da ke ˈparte ˈdella dʒerˈma:nja ˈvjɛ:ne]	Aus welcher Gegend Deutschlands sind Sie?
Lei è tedesco?	[ˈlɛ:i ɛ teˈdesko]	Sind Sie Deutscher?
Si trova bene qui?	[si ˈtrɔ:va ˈbɛ:ne kuˈi]	Gefällt es Ihnen hier?
Cosa fa?	[ˈko:sa fa]	Was machen Sie?
Sono medico.	[ˈso:no ˈmɛ:diko]	Ich bin Arzt.

SMALL TALK

Smalltalk

Conosce qualcuno qui in città?	[koˈnoʃʃe kualˈku:no kuˈi in tʃitˈta]	Kennen Sie hier jemanden vor Ort?
No, non conosco nessuno.	[nɔ non koˈnosko nesˈsu:no]	Nein, ich kenne niemanden.
Sì, ho alcuni amici che vivono qui.	[si ɔ alˈku:ni aˈmi:tʃi ke ˈvi:vono kuˈi]	Ja, einige meiner Freunde leben hier.
È già stato qui in passato?	[ɛ dʒa ˈsta:to kuˈi in pasˈsa:to]	Sind Sie schon mal hier gewesen?
È la mia prima volta.	[ɛ la ˈmi:a ˈpri:ma ˈvɔlta]	Es ist mein erstes Mal.
Vengo abbastanza spesso.	[ˈvɛŋgo abbasˈtantsa ˈspesso]	Ich bin oft hier.
Sei di qui?	[ˈsɛ:i di kuˈi]	Bist du von hier?
Non sei di qui, vero?	[non ˈsɛ:i di kuˈi ˈve:ro]	Du bist nicht von hier, oder?
Da quando lavori qui?	[da ˈkuando laˈvo:ri kuˈi]	Seit wann arbeitest du hier?
Da quanto tempo vivi in Italia?	[da ˈkuanto ˈtɛmpo ˈvi:vi in iˈta:lja]	Wie lange lebst du schon in Italien?

DOPO LE PRESENTAZIONI

Nach dem Kennenlernen

Piacere di averLa conosciuta.	[pjaˈtʃeːre di aˈverla konoʃˈʃuːta]	Schön, Sie kennengelernt zu haben.
È stato un piacere fare la Sua conoscenza.	[ɛ ˈstaːto un pjaˈtʃeːre ˈfaːre la ˈsuːa konoʃˈʃɛntsa]	Es hat mich gefreut, Sie kennenzulernen.
Lieto di conoscerti.	[ˈljɛːto di koˈnoʃʃerti]	Ich freue mich, dich kennenzulernen.
Finalmente ci conosciamo!	[finalˈmente tʃi konoʃˈʃaːmo]	Endlich lernen wir uns kennen!
Non vedevo l'ora di conoscerti.	[non veˈdeːvo ˈloːra di koˈnoʃʃerti]	Ich konnte es kaum erwarten, dich kennenzulernen.
Forse avremo occasione di continuare la nostra conversazione.	[ˈforse avˈrɛːmo okkaˈzjoːne di kontinuˈaːre la ˈnɔstra konversatˈtsjoːne]	Vielleicht ergibt sich die Gelegenheit, unser Gespräch fortzuführen.

CONCLUDERE UN DISCORSO

Ein Gespräch beenden

Grazie della piacevole conversazione.	[ˈgrattsje ˈdella pjaˈtʃeːvole konversatˈtsjoːne]	Danke für das angenehme Gespräch.
Vorrei conoscere ancora un po' di persone.	[vɔrˈrɛːi koˈnoʃʃere aŋˈkoːra un pɔ di perˈsoːne]	Ich möchte noch ein paar Leute kennenlernen.
Se non Le dispiace, mi mischio un po' fra gli ospiti.	[se non le disˈpiaːtʃe mi ˈmiskjo un pɔ fra ʎi ˈɔspiti]	Wenn es Ihnen nichts ausmacht, möchte ich mich unter die Gäste mischen.

ALL'OSTELLO DELLA GIOVENTÙ 1

In der Jungendherberge

È libero questo posto?

Ist dieser Platz noch frei?

Sì, accomodati.

Ja, setz dich.

Anche tu sei qui in vacanza?

Machst du auch Urlaub hier?

Sì, esatto!
Sono arrivato ieri.
E tu?

Ja, genau!
Ich bin gestern angekommen.
Und du?

Io sono qui da tre giorni.
È la prima volta che visiti questa città?

Ich bin seit drei Tagen hier.
Bist du zum ersten Mal in dieser Stadt?

Sì, e mi piace già moltissimo!
Tu ci sei già stata?

Ja, und es gefällt mir sehr gut hier.
Warst du schon mal hier?

No, anche per me è la prima volta.
Ma ho già visto alcuni luoghi interessanti.

Nein, es ist auch für mich das erste Mal.
Aber ich habe schon ein paar interessante Orte besichtigt.

Ah sì?
Cosa mi consigli di visitare?

Ach ja?
Kannst du mir etwas empfehlen?

ALL'OSTELLO DELLA GIOVENTÙ 2

In der Jungendherberge

Ieri sono stata al centro storico.
È davvero affascinante –
le stradine, le piazze ...

Gestern war ich in der Altstadt.
Sie ist wirklich faszinierend –
die Gassen, die Plätze ...

Sembra bellissimo!
Oggi volevo fare un giro.
Magari possiamo andarci insieme?

Das hört sich großartig an!
Ich wollte heute eine kleine Erkundungstour machen.
Vielleicht könnten wir gemeinsam losziehen?

Volentieri! In compagnia è più
divertente esplorare la città.

Gerne! In Gesellschaft macht es mehr
Spaß, die Stadt zu erkunden.

Perfetto!
Allora finiamo il nostro caffè
e partiamo!

Perfekt!
Dann lass uns den Kaffee austrinken
und uns auf den Weg machen!

A proposito ... io sono Lara.

Übrigens ... ich bin Lara.

Ed io mi chiamo Marco.

Und ich heiße Marco.

Piacere di conoscerti, Marco.

Freut mich, dich kennenzulernen, Marco.

Piacere!

Freut mich auch!

GUT ZU WISSEN!

- In Italien kann es große Unterschiede im Umgang mit anderen Menschen geben. Oft geht es recht informell zu. So ist es z. B. unter Kollegen üblich, sich von Anfang an zu duzen. Dasselbe beobachtet man auch bei Bekanntschaften im privaten Bereich.

- Gegenüber Vorgesetzten oder Respektspersonen pflegt man einen formelleren Ton und achtet auf die Nennung von Titeln.

- Diese beschränken sich nicht nur auf **dottore** – im Zweifel stets eine gute Wahl – oder **professore**, sondern man hört beispielsweise auch **ingegnere** oder **avvocato** – und noch etliche andere: „Buongiorno, dottoressa Marini." – „Buongiorno, ingegner Lucci."

- Das Endungs-e fällt bei der männlichen Form übrigens vor dem Namen weg, ähnlich wie bei „signore", das zu „signor" wird.

- **Signorina** ist im Gegensatz zum deutschen „Fräulein" nicht verpönt. Es wird vielmehr als Kompliment aufgefasst.

AUFGEPASST:
Falsche Freunde!

Un buon affare *ist ein gutes Geschäft* und hat nichts mit verwerflichen Machenschaften, Flirts oder Seitensprüngen zu tun. Die entsprechenden Bezeichnungen solche *Affairen* wären **scandalo** bzw. **relazione amorosa**.

Während man bei einem *Affekt* an Aufregung und nicht kontrollierbare emotionale Handlungen denkt, steht **affetto** schlicht und einfach für *Zuneigung*.

ETAPPEN**SIEG!**

Inzwischen haben Sie viele Leute kennengelernt und sogar mit dem einem oder anderen Freundschaft geschlossen. Und natürlich haben Sie sie auch zu einem Essen bei Ihnen zu Hause eingeladen. Jetzt gilt es, die Zutaten einzukaufen – im nächsten Kapitel.

06

Auf in den **Supermarkt!**

Vielleicht möchten Sie eine Gegen-einladung zum Essen aussprechen und müssen vorher einkaufen.

Im Supermarkt ist es unkompliziert, denn Sie können sich selbst bedienen und müssen meistens nicht sprechen.

Doch manchmal tauchen Fragen auf – und dann ist es hilfreich, sich auch in dieser Situation verständigen zu können.

IN GENERALE

		Allgemeines
l'orario *m* di apertura	[o'ra:rjo di aper'tu:ra]	die Öffnungszeiten *f pl*
la lista della spesa	['lista 'della 'spe:sa]	der Einkaufszettel
il carrello	[kar'rɛllo]	der Einkaufswagen
la bilancia	[bi'lantʃa]	die Waage
l'offerta *f*	[of'fɛrta]	das Angebot
la confezione	[konfet'tsjo:ne]	die Verpackung
il servizio a domicilio	[ser'vittsjo a domi'tʃi:ljo]	der Lieferservice
senza conservanti	['sɛntsa konser'vanti]	ohne Konservierungsstoffe
senza lattosio	['sɛntsa lat'tɔ:zjo]	laktosefrei
scaduto	['ska:duto]	abgelaufen
assaggiare	[assad'dʒa:re]	kosten, probieren
fare la fila	['fa:re la 'fi:la]	anstehen
fare la spesa	['fa:re la 'spe:sa]	einkaufen
pesare	[pe'sa:re]	wiegen

ALLA CASSA

		An der Kasse
la cassa	['kassa]	die Kasse
il nastro	['nastro]	das (Kassen)band
il sacchetto	[sak'ketto]	die Tüte
lo scontrino	[skon'tri:no]	der Kassenbon
la raccolta dei punti	[rak'kɔlta 'de:i 'punti]	das Sammeln von Bonuspunkten
pagare	[pa'ga:re]	zahlen
pagare con carta di credito	[pa'ga:re kon 'karta di 'kre:dito]	mit Kreditkarte zahlen
pagare in contanti	[pa'ga:re in kon'tanti]	bar zahlen

ORIENTARSI

Sich orientieren

il banco del pesce	[ˈbaŋko del ˈpeʃʃe]	die Fischtheke
il banco della carne	[ˈbaŋko ˈdella ˈkarne]	die Fleischtheke
il banco frigo	[ˈbaŋko ˈfriːgo]	die Kühltheke
le bibite	[ˈbiːbite]	die Getränke
i casalinghi *m pl*	[kasaˈliŋgi]	die Haushaltsartikel *m pl*
i prodotti *m pl* bio(logici)	[proˈdotto bio(ˈlɔːdʒitʃi)]	die Bioprodukte *nt pl*
lo scatolame	[skatoˈlaːme]	die Konserven *f pl*

GENERI ALIMENTARI

Lebensmittel

le erbe *f pl* aromatiche	[ˈɛrbe aroˈmaːtike]	die Kräuter
la frutta	[ˈfrutta]	das Obst
il latte intero	[ˈlatte inˈteːro]	die Vollmilch
il latte scremato	[ˈlatte skreˈmaːto]	die fettarme Milch
i latticini *m pl*	[lattiˈtʃiːni]	die Milchprodukte *nt pl*
il pane	[ˈpaːne]	das Brot
le spezie *f pl*	[ˈspɛttsie]	die Gewürze
i surgelati *m pl*	[surdʒeˈlaːti]	die Tiefkühlprodukte *nt pl*
la verdura	[verˈduːra]	das Gemüse

CONFEZIONI

Verpackungsarten

la bottiglia	[botˈtiʎʎa]	die Flasche
il vasetto	[vaˈzetto]	das Glas
la scatola	[ˈskaːtola]	die Schachtel, die Dose
la retina	[ˈrɛːtina]	das Netz
sfuso	[ˈsfuːzo]	lose, unverpackt

IN GENERALE

Allgemeines

È in offerta?	[ɛ in of'fɛrta]	Ist das im Angebot?
C'è anche in formato famiglia?	[tʃɛ 'aŋke in for'ma:to fa'miʎʎa]	Gibt es das auch in einer Familienpackung?
È l'ultima confezione.	[ɛ 'lultima konfet'tsjo:ne]	Das ist die letzte Packung.
A che ora apre il supermercato?	[a ke 'o:ra 'a:pre il supermer'ka:to]	Um wie viel Uhr öffnet der Supermarkt?
Offrite anche servizio a domicilio?	[of'fri:te 'aŋke ser'vittsjo a domi'tʃi:ljo]	Bieten Sie auch einen Lieferdienst an?
Avete prodotti a chilometro zero?	[av'ete: pro'dotti a ki'lɔ:metro 'dzɛ:ro]	Haben Sie auch regionale Produkte?
Dov'è annotata la data di scadenza?	[do'vɛ anno'ta:ta la 'da:ta di ska'dɛntsa]	Wo ist das Haltbarkeitsdatum vermerkt?
Non trovo il prezzo.	[non 'tro:vo il 'prɛttso]	Ich kann den Preis nicht finden.
C'è anche una confezione più piccola?	[tʃɛ 'aŋke 'u:na konfet'tsjo:ne pju 'pikkola]	Gibt es auch eine kleinere Verpackung?
Avete dei gelati senza lattosio?	[a've:te 'dei dʒe'la:ti 'sɛntsa lat'tɔ:zjo]	Haben Sie laktosefreies Eis?

ORIENTARSI

Sich orientieren

C'è un reparto di profumeria ed igiene personale?	[tʃɛ un re'parto di profume'ri:a ed i'dʒɛ:ne perso'na:le]	Gibt es eine Abteilung für Parfümerie und Körperpflege?
Avete cibo per animali?	[a've:te 'tʃi:bo per ani'ma:li]	Haben Sie auch Tierfutter?
Dove posso trovare …?	['do:ve 'pɔsso tro'va:re …]	Wo kann ich … finden?

Mi occorre del latte fresco.	[mi okˈkorre del ˈlatte ˈfresko]	Ich benötige Frischmilch.
Dove sono le casse?	[ˈdo:ve ˈso:no le ˈkasse]	Wo sind die Kassen?

CHIEDERE UN CONSIGLIO

Um Rat bitten

Può consigliarmi una determinata marca?	[ˈpuɔ konsiʎˈʎarmi ˈu:na determiˈna:ta ˈmarka]	Können Sie mir eine bestimmte Marke empfehlen?
Secondo Lei, quale mi conviene prendere?	[seˈkondo ˈlɛ:i ˈkua:le mi konˈvjɛne ˈprɛndere]	Welches sollte ich Ihrer Meinung nach nehmen?
Saprebbe indicarmi un buon vino locale?	[saˈprɛbbe indiˈka:rmi un buɔn ˈvi:no loˈka:le]	Könnten Sie mir einen guten regionalen Wein nennen?

AL BANCO DELLA CARNE

An der Fleischtheke

Un petto di pollo, per cortesia.	[un ˈpɛtto di ˈpollo, per korteˈzi:a]	Eine Hähnchenbrust, bitte.
Vorrei un chilo di lombata, tagliata a fette.	[vɔrˈrɛ:i un ˈki:lo di lomˈba:ta taʎˈʎa:ta a ˈfette]	Ich hätte gern ein Kilo Lende in Scheiben.
Mezzo chilo di costolette d'agnello.	[ˈmɛddzo ˈki:lo di kostoˈlette daɲˈɲɛllo]	Ein halbes Kilo Lammkoteletts.
Vorrei della carne di vitello in offerta, tritata per fare degli hamburger.	[vɔrˈrɛ:i ˈdella ˈkarne di viˈtɛllo in ofˈfɛrta triˈta:ta per ˈfa:re ˈdeʎʎi amˈburger]	Ich hätte gern das Kalbfleisch aus dem Angebot, zerkleinert für Hamburger.
Potrebbe disossare le cosce di pollo?	[poˈtrɛbbe dizosˈsa:re le ˈkɔʃʃe di ˈpollo]	Können Sie mir bitte die Hühnerschenkel entbeinen?
Lo può tagliare a pezzi per un minestrone?	[lo ˈpuɔ taʎˈʎa:re a ˈpettsi per un minesˈtro:ne]	Können Sie es in Stücke für einen Eintopf schneiden?

AL REPARTO DI SPECIALITÀ GASTRONOMICHE

In der Feinkostabteilung

Mi dìa due etti e mezzo di quel formaggio.	[mi ˈdiːa ˈduːe ˈɛtti e ˈmɛddzo di ˈkuel forˈmaddʒo]	Geben Sie mir 1/4 kg von dem Käse.
100 g di salame, per favore.	[ˈtʃɛnto ˈgrammi di saˈlaːme per faˈvoːre]	100 g Salami, bitte.
Lo tagli in fette sottili/grosse.	[lo ˈtaʎʎi in ˈfette sotˈtiːli/ˈgrɔsse]	Schneiden Sie sie in dünne/dicke Scheiben.
Potrebbe confezionarlo sotto vuoto?	[poˈtrɛbbe konfettsjoˈnarlo ˈsotto ˈvuɔːto]	Können Sie es vakuumverpacken?

AL BANCO DEL PESCE

In der Fischabteilung

Mi dia anche mezzo chilo di gamberetti cotti.	[mi ˈdiːa ˈaŋke ˈmɛddzo ˈkiːlo di gambeˈretti ˈkɔtti]	Geben Sie mir auch ein halbes Kilo gekochte Garnelen.
Le seppie sono già sventrate?	[le ˈseppie ˈsoːno dʒa svenˈtraːte]	Sind die Tintenfische schon ausgenommen?
Vorrei mezzo salmone. Me lo potrebbe tagliare in fettine non troppo sottili?	[vɔrˈrɛːi ˈmɛddzo salˈmoːne me lo poˈtrɛbbe taʎˈʎaːre in fetˈtiːne non ˈtrɔppo sotˈtiːli]	Ich hätte gern einen halben Lachs, und bitte schneiden Sie ihn für mich in nicht allzu dünne Scheiben.
Lo potrebbe squamare?	[lo poˈtrɛbbe skuaˈmaːre]	Könnten Sie bitte die Schuppen entfernen?

AL REPARTO DELLA FRUTTA

In der Obstabteilung

Un chilo di prugne e mezzo chilo di pere, per cortesia.	[un ˈkiːlo di ˈpruːɲe e ˈmɛddzo ˈkiːlo di ˈpeːre per korteˈziːa]	Ein Kilo Pflaumen und ein halbes Kilo Birnen, bitte.
Posso assaggiare le ciliegie?	[ˈpɔsso assadˈdʒaːre le tʃiˈliɛːdʒe]	Kann ich die Kirschen probieren?
Mi dia qualche avocado maturo.	[mi ˈdiːa ˈkualke avoˈkaːdo maˈtuːro]	Geben Sie mir ein paar reife Avocados.

AL BANCO

An der Theke

Mi dia ... fette di ...	[mi ˈdiːa ... ˈfette di ...]	Ich hätte gern ... Scheiben ...
Potrei avere un pezzo di ...	[poˈtrɛːi aˈveːre un ˈpettso di ...]	Könnte ich bitte ein Stück ... haben?
Potrebbe affettarlo?	[poˈtrɛbbe affetˈtarlo]	Könnten Sie es bitte in Scheiben schneiden?
Mi occorre del pane senza glutine.	[mi okˈkorre del ˈpaːne ˈsɛntsa ˈgluːtine]	Ich bräuchte glutenfreies Brot.
Si possono avere dei panini imbottiti?	[si ˈpɔssono aˈveːre ˈdei paˈniːni imbotˈtiːti]	Kann man belegte Brötchen haben?
È tutto, grazie.	[ɛ ˈtutto ˈgrattsje]	Danke, das ist alles.

ALLA CASSA

An der Kasse

Posso pagare con la carta bancomat?	[ˈpɔsso paˈgaːre kon la ˈkarta ˈbaŋkomat]	Kann ich mit EC-Karte zahlen?
Posso avere un sacchetto di carta?	[ˈpɔsso aˈveːre un sakˈketto di ˈkarta]	Kann ich eine Papiertüte haben?
C'è la garanzia sui prodotti elettronici?	[tʃɛ la garanˈtsiːa ˈsuːi proˈdotti eletˈtrɔːnitʃi]	Gibt es eine Garantie auf Elektronikartikel?

ALLA CASSA AUTOMATICA 1

An der SB-Kasse

Oh no, alla cassa c'è una fila lunghissima.

Oh nein, die Schlange an der Kasse ist sehr lang.

Facciamo prima alla cassa automatica.

An der SB-Kasse geht es schneller.

Facile! Scannerizziamo tutto e paghiamo, giusto?

Ganz einfach! Wir scannen alles und bezahlen, okay?

Certo! Dai, inizia tu!

Genau! Auf geht's, fang du an!

Beep

Piep

Visto? Nessun problema!
Adesso tocca a te.

Siehst du? Gar kein Problem!
Jetzt bist du dran.

Uhm ... perché ha fatto quel suono strano?

Hm ... warum ist da so ein seltsamer Ton?

Beeeeeeeep

Pieeeeeep

ALLA CASSA AUTOMATICA 2

An der SB-Kasse

Boh. Forse vuole che la pesiamo?

Hm. Vielleicht müssen wir sie wiegen.

Non credo.
È una bottiglia e mica una mela!

Das glaube ich nicht.
Das ist doch eine Flasche und kein Apfel.

Vabbè, proviamo di nuovo …

Wie auch immer!
Lass es uns noch mal versuchen …

Beeeeeeeep

Pieeeeeep

Fantastico! Ora abbiamo due limonate sullo scontrino.

Großartig! Jetzt sind zwei Limonaden auf dem Kassenbon.

E adesso?

Und nun?

Schiacciamo il pulsante per l'assistenza ... o compriamo due limonate?

Wir sollten die Hilfetaste betätigen ... oder kaufen wir zwei Flaschen Limonade?

GUT ZU WISSEN!

! Längst haben die Supermärkte auch in Italien die *Tante-Emma-Läden* bzw. **alimentari** verdrängt. Man findet dort nahezu alles, was das Herz begehrt. Tabakwaren sucht man allerdings vergebens. Diese dürfen nur in *Tabakläden*, **tabacchi**, verkauft werden.

! Vielen fällt es bekanntlich schwer, irgendwo anzustehen. Damit an den Supermarkttheken jedoch kein Chaos ausbricht, hat man ein bewährtes System eingeführt, das man in Deutschland von einigen Behörden kennt: Man zieht eine Nummer und wartet darauf, bis man aufgerufen wird. So läuft der Einkauf für alle entspannter.

! In den meisten Supermärkten findet man das Angebot **3 x 2 (tre per due)**. Das bedeutet soviel wie „Nimm drei, zahl zwei". Wundern Sie sich nicht, wenn man Ihnen an der Kasse den **scontrino** bzw. *Kassenbon* unbedingt aufdrängen möchte. Aufgrund der gesetzlichen Bestimmungen sind die Händler dazu angehalten. Umgekehrt besteht auch für die Kunden die Pflicht, den Kassenbon innerhalb eines gewissen Radius aufzubewahren und bei Kontrollen der Finanzpolizei zu zeigen.

AUFGEPASST:
Falsche Freunde!

In gewissem Sinne hat die **bilancia**, also die *Waage*, durchaus etwas mit *Bilanzen* zu tun. Doch für diese verwendet man im Italienischen den Begriff **bilancio**. Die **dose** entspricht der deutschen Dosis. Zur *Blechdose* sagt man **barattolo**, während die *Steckdose* im Italienischen **presa** heißt.
Tonno und *Tonne* haben rein gar nichts miteinander zu tun, denn „tonno" ist der *Thunfisch*. Bei Mengenangaben verwendet man für *Tonne* im Italienischen **tonnellata**. Für „Tonne" im Sinn von *Fass* gibt es die Ausdrücke **barile** oder **botte**. Die *Mülltonne* ist ein **bidone della spazzatura**.

ETAPPEN**SIEG!**

Jetzt, wo der Einkauf im Supermarkt erledigt ist, können Sie getrost zur nächsten Stufe übergehen und die eine oder andere Dienstleistung in Anspruch nehmen. Man muss sich zwar intensiver verständigen, aber das nächste Kapitel wird Ihnen hierbei behilflich sein.

07

Auf **Shoppingtour**

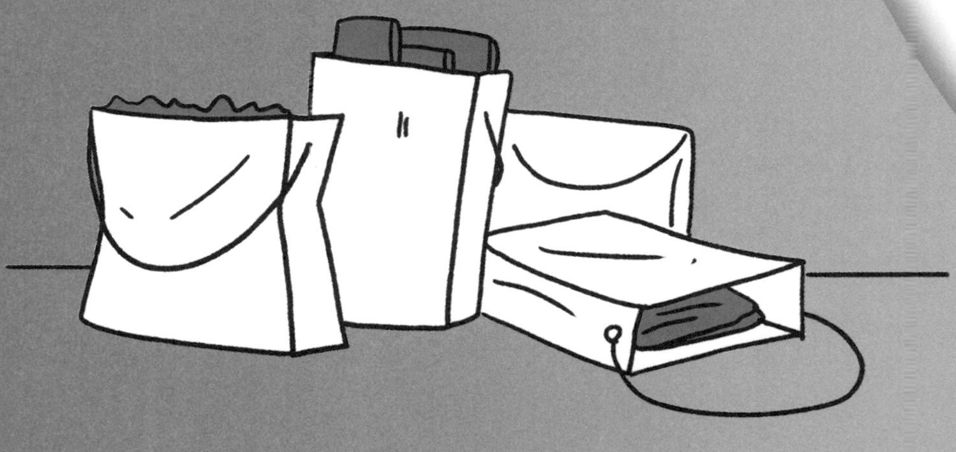

Im Land der Mode sollten Sie sich das Shoppen nicht entgehen lassen.

In Italien wird großer Wert auf gute Kleidung und ein passendes Outfit für jede Gelegenheit gelegt.

Tauchen Sie mit uns ein in die Welt des „buon gusto“, des guten Geschmacks.

IN GENERALE — Allgemeines

il camerino	[kameˈriːno]	die Umkleidekabine
chiuso per ferie	[ˈkiuːso per ˈfɛːrie]	wegen Urlaub geschlossen
difettoso	[difetˈtoːso]	defekt
l'orario *m* di apertura	[oˈraːri di aperˈtuːra]	die Öffnungszeiten *f pl*
il reparto donna/uomo	[reˈparto ˈdɔnna/ˈuɔːmo]	die Damen-/ Herrenabteilung
i saldi *m pl* di fine stagione	[ˈsaldi di ˈfiːne staˈdʒoːne]	der Schlussverkauf
la taglia unica	[ˈtaʎʎa ˈuːnika]	die Einheitsgröße
cambiare	[kamˈbiaːre]	umtauschen
comprare	[komˈpraːre]	kaufen
indossare	[indosˈsaːre]	anziehen
restituire	[restituˈiːre]	zurückgeben
scegliere	[ˈʃeʎʎere]	auswählen

NEGOZI (SPECIALIZZATI) — (Fach)geschäfte

gli articoli sportivi *m pl*	[arˈtiːkoli sporˈtiːvi]	die Sportartikel
la boutique	[buˈtik]	die Boutique
il centro commerciale	[ˈtʃɛntro kommerˈtʃaːle]	das Einkaufszentrum
la gioielleria	[dʒoielleˈriːa]	das Juweliergeschäft
il grande magazzino	[ˈgrande magadˈdziːno]	das Kaufhaus
il negozio di calzature	[neˈgɔttsio di kaltsaˈtuːre]	das Schuhgeschäft
l'orologeria *f*	[orolodʒeˈriːa]	das Uhrengeschäft
la pelletteria	[pelletteˈriːa]	das Lederwarengeschäft
la profumeria	[profumeˈriːa]	die Parfümerie
la sartoria	[sartoˈriːa]	die Schneiderei

INDUMENTI		Kleidungsstücke
l'abito *m*	[ˈaːbito]	der Anzug, das Kleid
la biancheria intima	[biaŋkeˈriːa ˈintima]	die Unterwäsche
la blusa	[ˈbluːza]	die (Hemd)bluse
la camicia	[kaˈmiːtʃa]	das Hemd; die Bluse
il cappello	[kapˈpɛllo]	der Hut
il cappotto	[kapˈpɔtto]	der Mantel
il collant	[kɔlˈlan]	die Feinstrumpfhose
il costume da bagno	[kosˈtuːme da ˈbaːɲo]	der Badeanzug, die Badehose
la felpa	[ˈfelpa]	das Sweatshirt
la giacca a vento	[ˈdʒakka a ˈvɛnto]	der Anorak
la gonna	[ˈgɔnna]	der Rock
i guanti *m pl*	[ˈguanti]	die Handschuhe *m pl*
l'impermeabile *m*	[impermeˈaːbile]	die Regenjacke
la maglietta	[maʎˈʎetta]	das T-Shirt
i pantaloni *m pl*	[pantaˈloːni]	die Hose
il reggiseno	[reddʒiˈseːno]	der Büstenhalter
la sciarpa	[ˈʃarpa]	der Schal
il tailleur	[taˈjeːr]	das Kostüm
il vestito	[vesˈtiːto]	das Kleid

MATERIALE		Material
il cotone	[koˈtoːne]	die Baumwolle
la lana	[ˈlaːna]	die Wolle
il lino	[ˈliːno]	das Leinen
la pelle	[ˈpɛlle]	das Leder
la seta	[ˈseːta]	die Seide

IN GENERALE — Allgemeines

Quando inizia la stagione dei saldi?	[ˈkuando iˈnittsja la staˈdʒoːne ˈdeːi ˈsaldi]	Wann beginnt der Schlussverkauf?
È una firma conosciuta qui in Italia?	[ɛ ˈuːna ˈfirma konoʃˈʃuːta kuˈi in iˈtaːlja]	Ist dieses Label in Italien bekannt?
Posso provarlo?	[ˈpɔsso proˈvarlo]	Kann ich es anprobieren?
Che taglia porta?	[ke ˈtaʎʎa ˈpɔrta]	Welche Größe tragen Sie?
Ho il numero di scarpe ...	[ɔ il ˈnuːmero di ˈskarpe ...]	Ich habe Schuhgröße ...
Di che materiale è?	[di ke mateˈriaːle ɛ]	Aus was für einem Material ist das?
Non vorrei spendere molto.	[non vɔrˈrɛːi ˈspɛndere ˈmolto]	Ich möchte nicht so viel ausgeben.
Dove sono i camerini?	[ˈdoːve ˈsoːno i kameˈriːni]	Wo sind die Umkleide-kabinen?
Dov'è la cassa?	[doˈvɛ la ˈkassa]	Wo ist die Kasse?
Cerco qualcosa a costo basso.	[ˈtʃɛrko kualˈkɔːsa a ˈkosto ˈbasso]	Ich suche etwas Preiswerteres.

RICHIESTE — Wünsche

C'è anche in un altro colore?	[tʃɛ ˈaŋke in un ˈaltro koˈloːre]	Gibt es das auch in einer anderen Farbe?
Potrebbe darmi una taglia più grande?	[poˈtrɛbbe ˈdarmi ˈuːna ˈtaʎʎa pju ˈgrande]	Könnten Sie es mir eine Nummer größer geben?
Posso farlo accorciare?	[ˈpɔsso ˈfarlo akkorˈtʃaːre]	Kann ich es kürzen lassen?
C'è qualcosa di simile?	[tʃɛ kualˈkɔːsa di ˈsiːmile]	Gibt es etwas Ähnliches?
Avete anche taglie larghe?	[aˈveːte ˈaŋke ˈtaʎʎe ˈlarge]	Haben Sie auch große Größen?
Mi occorre un vestito da cerimonia.	[mi okˈkorre un vesˈtiːto da tʃeriˈmɔːnja]	Ich brauche ein festliches Kleid.

Cerco qualcosa di moderno e giovanile.	[ˈtʃɛrko kualˈkɔ:sa di moˈdɛrno e dʒovaˈni:le]	Ich suche etwas Modernes und Jugendliches.
La gonna è troppo corta. Ci sono degli altri modelli nello stesso stile, ma non così corti?	[la ˈgɔnna ɛ ˈtrɔppo ˈkorta tʃi ˈso:no ˈdeʎʎi ˈaltri moˈdelli ˈnello ˈstesso ˈsti:le ma non koˈsi ˈkorti]	Der Rock ist mir zu kurz. Haben Sie andere Modelle im gleichen Stil, aber nicht so kurz?
La taglia S è troppo stretta per me. Mi può dare la M?	[la ˈtaʎʎa ˈesse ɛ ˈtrɔppo ˈstretta per me mi ˈpuɔ ˈda:re la ˈemme]	Größe S ist mir zu eng. Könnten Sie mir M geben?
XL è troppo grande per me. Mi dia la L!	[iks ˈelle ɛ ˈtrɔppo ˈgrande per me mi ˈdi:a la ˈelle]	XL ist mir zu groß. Geben Sie mir L!
Cerco dei sandali comodi.	[ˈtʃɛrko ˈde:i ˈsandali ˈko:modi]	Ich suche bequeme Sandalen.
Vorrei comprare degli infradito per i bambini.	[vɔrˈrɛ:i komˈpra:re ˈdeʎʎi infraˈdi:to per i bamˈbi:ni]	Ich möchte Flipflops für die Kinder kaufen.
Mi fa vedere questi orecchini?	[mi fa veˈdere ˈkuesti orekˈki:ni]	Könnten Sie mir diese Ohrringe zeigen?
È una collana bellisima. Ci sarebbe anche un bracciale da abbinare?	[ɛ ˈu:na kolˈla:na belˈlissima tʃi saˈrebbe ˈaŋke un bratˈtʃa:le da abbiˈna:re]	Das ist eine wunderschöne Halskette. Haben Sie auch ein passendes Armband?

QUESTIONE DI GUSTI

Geschmackssache

Che te ne pare?	[ke te ne ˈpa:re]	Was hältst du davon?
Questo colore ti dona.	[ˈkuesto koˈlo:re ti ˈdo:na]	Diese Farbe steht dir.
Le sta benissimo!	[le sta beˈnissimo]	Das steht Ihnen vorzüglich!
È troppo stretto/largo.	[ɛ ˈtrɔppo ˈstretto/ ˈlargo]	Es ist zu eng/weit.
Non sono del tutto convinto/-a.	[non ˈso:no del ˈtutto ˈkonˈvinto/-a]	Ich bin nicht ganz überzeugt.

Grazie, ma non ho trovato nulla che faccia per me.	[ˈgrattsie ma non ɔ troˈva:to ˈnulla ke ˈfattʃa per me]	Danke, aber ich habe nichts Passendes für mich gefunden.
Questa camicia è proprio bella. Posso provarla?	[ˈkuesta kaˈmi:tʃa ɛ ˈprɔ:prio ˈbɛlla ˈpɔsso proˈvarla]	Diese Bluse ist sehr schön. Kann ich sie anprobieren?

TELEFONIA ED ELETTRONICA

Telefonie und Elektronik

Ci sono delle custodie per questo modello di cellulare?	[tʃi ˈso:no ˈdelle kusˈto:dje per ˈkuesto moˈdɛllo di tʃelluˈla:re]	Haben Sie Handy-Schutzhüllen für dieses Modell?
Mi occorre un alimentatore per il mio cellulare.	[mi okˈkorre un alimentaˈto:re per il ˈmi:o tʃelluˈla:re]	Ich brauche ein Ladegerät für mein Handy.
Mi occorre una scheda SIM per navigare in internet.	[mi okˈkorre ˈu:na ˈskɛ:da sim per naviˈga:re in ˈinternet]	Ich brauche eine SIM-Karte, um im Internet zu surfen.
Quanto costano le macchine fotografiche subacquee?	[ˈkuanto ˈkostano le ˈmakkine fotoˈgra:fike subˈakkue]	Was kosten die wasserdichten Kameras?
È inclusa la scheda di memoria?	[ɛ iŋˈklu:za la ˈskɛ:da di meˈmɔ:rja]	Ist eine Speicherkarte dabei?
Quest'altoparlante funziona con bluetooth®? E questa cuffia?	[kuestaltoparˈlante funˈtsio:na kon bluˈtu:θ e ˈkuesta ˈkuffja]	Funktioniert dieser Lautsprecher über Bluetooth®? Und diese Kopfhörer?
C'è garanzia?	[tʃɛ garanˈtsi:a]	Hat es eine Garantie?

ALLA CASSA

		An der Kasse
Il prezzo è già scontato?	[il ˈprettso ɛ dʒa skonˈta:to]	Wurde der Nachlass bereits vom Preis abgezogen?
Mi può fare uno sconto?	[mi ˈpuɔ ˈfa:re ˈu:no ˈskonto]	Können Sie mir einen Preisnachlass gewähren?
Me lo può mettere da parte?	[me lo ˈpuɔ ˈmettere da ˈparte]	Können Sie das für mich zurücklegen?
Entro quando posso cambiarlo?	[ˈentro ˈkuando ˈpɔsso kamˈbiarlo]	Bis wann kann ich es umtauschen?
Mi potrebbe fare una confezione regalo?	[mi ppoˈtrɛbbe ˈfa:re ˈu:na konfetˈtsjo:ne reˈga:lo]	Könnten Sie sie mir als Geschenk einpacken?

ALTRO

		Sonstiges
Manca un bottone.	[ˈmaŋka un botˈto:ne]	Es fehlt ein Knopf.
Non riesco a chiudere la cerniera.	[non riˈɛsko a ˈkju:dere la tʃerˈniɛ:ra]	Ich kann den Reißverschluss nicht schließen.
Non fa per me. Dove posso appoggiarlo/appenderlo?	[non fa per me ˈdo:ve ˈpɔsso appodˈdʒarlo/ apˈpenderlo]	Es ist nichts für mich. Wohin kann ich es legen/hängen?
Li trovo talmente belli che li vorrei tenere addosso.	[li ˈtrɔ:vo talˈmente bɛlli ke li vɔrˈrɛ:i teˈne:re adˈdɔsso]	Sie gefallen mir so gut, dass ich sie anbehalten möchte.
Gli orecchini sono d'oro?	[ʎi orekˈki:ni ˈso:no ˈdɔ:ro]	Sind die Ohrringe aus Gold?
Posso cambiarli se non dovessero andare bene?	[ˈpɔsso kamˈbiarli se non doˈvɛssero anˈda:re ˈbɛ:ne]	Kann ich sie umtauschen, falls sie nicht passen?

SHOPPING

Shopping

Che ne dici, se oggi facciamo un po' di shopping.

Was hältst du davon, wenn wir heute ein bisschen shoppen gehen?

Ottima proposta! Sai già dove vuoi andare?

Sehr guter Vorschlag! Weißt du schon, wohin du gehen möchtest?

Sì! Ho visto un negozio con vestiti bellissimi vicino al Duomo. Potremmo iniziare il nostro giro da lì.

Ja! Ich habe ein Geschäft mit wunderschönen Kleidern in der Nähe des Doms gesehen. Wir könnten dort mit unserer Tour beginnen.

Va bene! Poi possiamo cercare anche un negozio di scarpe?

Gut! Können wir danach auch nach einem Schuhgeschäft Ausschau halten?

Certo! E magari possiamo passare anche da una libreria. Mi piacerebbe comprare una guida turistica.

Klar! Und vielleicht können wir auch in einer Buchhandlung vorbeischauen. Ich möchte gern einen Reiseführer kaufen.

Ed io mi potrei comprare un nuovo romanzo.

Und ich könnte mir einen neuen Roman zulegen.

AL NEGOZIO DI ABBLIGLIAMENTO

Im Bekleidungsgeschäft

Buongiorno, vorrei comprare questi vestiti.

Guten Tag, ich würde gerne diese Sachen kaufen.

Certo! Le occorre una borsa?

Gerne! Benötigen Sie eine Tragetasche?

Sì, grazie. Quanto costa tutto insieme?

Ja, danke. Was kostet das alles zusammen?

Vediamo... Il totale è 85 euro.

Schauen wir mal ...
Insgesamt sind es 85 Euro.

Mi piace molto questo vestito. C'è anche in altri colori?

Dieses Kleid gefällt mir sehr gut. Haben Sie es auch in anderen Farben?

Sì, lo abbiamo in blu, rosso e verde. Vuole vedere qualche altra taglia?

Ja, wir haben es in Blau, Rot und Grün. Möchten Sie es sich noch in einer anderen Größe ansehen?

No, non è necessario, grazie.
Accettate resi se qualcosa non va bene?

Nein, das ist nicht nötig, danke.
Sind Rückggaben möglich,
falls etwas nicht in Ordnung ist?

Certo! Ha 30 giorni per cambiare
o restituire i capi.

Sicher! Sie können innerhalb von 30 Tagen
die Ware umtauschen oder zurückgeben.

Ben a sapersi!

Gut zu wissen!

Allora le metto tutto nel sacchetto.
Buona giornata!

Dann packe ich Ihnen alles in die Tragetasche.
Einen schönen Tag!

GUT ZU WISSEN!

! Viele Warenhäuser haben montags vormittags geschlossen. Dies sollten Sie bei Ihrer Shoppingtour berücksichtigen.

! Beliebt ist inzwischen auch der Fabrikverkauf oder der Direktverkauf in Outlets. Einige Hotels bieten sogar einen Shuttleservice für Shoppingtouren in Outlet-Zentren an.

! Schnäppchen kann man aber auch beim Schlussverkauf machen, wenn es kräftige *Rabatte*, **saldi di fine stagione**, gibt. Außerdem lohnt es sich, nach einem **piccolo sconto**, einem *kleinen Preisnachlass*, zu fragen.

! Fündig werden Sie bestimmt auch in einer der vielen kleinen Boutiquen. Oft ist dort das Angebot größer, als man denkt und Sie werden zudem gut beraten.

AUFGEPASST:
Falsche Freunde!

Falls Sie für eine wichtige Sitzung ein elegantes *Kostüm* benötigen, dann liegen Sie mit einem **tailleur** richtig. Fragen Sie nach einem **costume**, dann bekommen Sie entweder einen *Badeanzug* oder ein *Faschingskostüm*. Beides wäre für den Zweck wohl weniger angemessen. Sie suchen etwas *Modisches*, also **alla moda**? Und dann noch möglichst zu einem *niedrigen Preis*, einem **prezzo modico**?
Das sind die besten Schnäppchen!

ETAPPEN**SIEG!**

Neu eingekleidet können Sie nun noch sicherer auftreten und am Alltagsleben der Italiener teilnehmen. Die Kontoeröffnung auf der Bank oder die Abgabe Ihrer Lieblingskleidungsstücke in der Reinigung dürften kein Problem mehr darstellen.

08

Auf alles **gut vorbereitet!**

Sie planen einen längeren Aufenthalt in Italien?

Dann werden Sie bestimmt auch die eine oder andere Dienstleistung in Anspruch nehmen, die nicht ausschließlich touristischen Charakter hat.

Nur zu! Es ist gar nicht so schwer, sich auch in diesen Situationen zu verständigen.

IN GENERALE

Allgemeines

l'area *f* d'attesa	['a:rea dat'te:sa]	der Wartebereich
l'assistenza *f* ai clienti	[assis'tɛntsa ai kli'ɛnti]	die Kundenbetreuung
lo sportello	[spor'tɛllo]	der Schalter
fare la fila	['fa:re la 'fi:la]	anstehen

IN BANCA

Auf der Bank

l'assegno *m*	[as'se:ɲo]	der Scheck
il bancomat	['baŋkomat]	der Geldautomat
la banconota	[baŋko'nɔ:ta]	die Banknote
il cambio valuta	['kambjo va'lu:ta]	der Devisenhandel
la carta di credito	['karta di 'kre:dito]	die Kreditkarte
la cassetta di sicurezza	[kas'setta di siku'rettsa]	das Schließfach
il conto corrente	['konto kor'rɛnte]	das Girokonto
il denaro contante	[de'na:ro kon'tante]	das Bargeld
il libretto di risparmio	[li'bretto di ris'parmjo]	das Sparbuch
la moneta	[mo'ne:ta]	die Münze, das Geld
la moneta commemorativa	[mo'ne:ta kommemora'ti:va]	die Gedenkmünze
i servizi *m pl* finanziari	[ser'vittsi finan'tsja:ri]	die Finanzabteilung
aprire / accendere un conto corrente	[a'pri:re/at'tʃɛndere un 'konto kor'rɛnte]	ein Girokonto eröffnen
effettuare un bonifico	[effettu'a:re un bo'ni:fiko]	eine Überweisung tätigen
prelevare / versare denaro	[prele'va:re/ver'sa:re de'na:ro]	Geld abheben/einzahlen

ALLA POSTA

Auf der Post

la cartolina postale	[karto'li:na pos'ta:le]	die Postkarte
la cassetta delle lettere	[kas'setta 'delle 'lettere]	der Briefkasten
il codice di avviamento postale (cap)	['kɔ:ditʃe di avvia'mento pos'ta:le (kap)]	die Postleitzahl (PLZ)
il francobollo	[fraŋko'bollo]	die Briefmarke
la lettera	['lettera]	der Brief
il pacco postale	['pakko pos'ta:le]	das Postpaket
la raccomandata	[rakkoman'da:ta]	das Einschreiben
l'ufficio *m* postale	[uf'fi:tʃo pos'ta:le]	das Postamt
spedire	[spe'di:re]	verschicken

DALLA POLIZIA

Bei der Polizei

l'agente *m/f* di polizia	[a'dʒɛnte di polit'tsi:a]	der Polizist / die Polizistin
il commissariato di polizia	[kommissa'rja:to di polit'tsi:a]	das Polizeirevier
il delitto	[de'litto]	das Verbrechen
la denuncia	[de'nuntʃa]	die Anzeige
la polizia stradale	[polit'tsi:a stra'da:le]	die Verkehrspolizei
la polizia urbana	[polit'tsi:a ur'ba:na]	die Stadtpolizei
la rapina	[ra'pi:na]	der Raubüberfall
lo scippatore	[ʃippa'to:re]	der Taschendieb
lo stupro	['stu:pro]	die Vergewaltigung
derubare	[deru'ba:re]	bestehlen
molestare	[moles'ta:re]	belästigen
smarrire	[zmar'ri:re]	verlieren
violentare	[violen'ta:re]	vergewaltigen

IN BANCA — Auf der Bank

Vorrei prelevare del denaro.	[vɔrˈrɛːi preleˈvaːre del deˈnaːro]	Ich möchte gerne Geld abheben.
C'è uno sportello bancomat qui vicino?	[tʃɛ ˈuːno sporˈtɛllo ˈbaŋkomat kuˈi viˈtʃiːno]	Gibt es hier in der Nähe einen Geldautomaten?
Quali documenti occorrono per accendere un conto corrente?	[ˈkuaːli dokuˈmenti okˈkorrono per atˈtʃɛndere un ˈkonto korˈrɛnte]	Welche Unterlagen benötigt man zur Eröffnung eines Girokontos?
Posso cambiare dollari in euro?	[ˈpɔsso kamˈbjaːre ˈdɔllari in ˈeuːro]	Kann ich Dollar in Euro wechseln?
Ho smarrito la mia carta di credito. Come devo fare per bloccarla?	[ɔ zmarˈriːto la ˈmiːa ˈkarta di ˈkreːdito ˈkoːme ˈdɛːvo ˈfaːre per blokˈkarla]	Ich habe meine Kreditkarte verloren. Wie kann ich sie sperren lassen?
Vorrei versare cento euro sul mio libretto di risparmio.	[vɔrˈrɛːi verˈsaːre ˈtʃɛnto ˈeuːro sul ˈmiːo liˈbretto di risˈparmio]	Ich möchte gerne hundert Euro auf mein Sparbuch einzahlen.

AL COMMISSARIATO DELLA POLIZIA — Auf dem Polizeirevier

Vorrei denunciare lo smarrimento del mio passaporto.	[vɔrˈrɛːi denunˈtʃaːre lo zmarriˈmento del ˈmiːo passaˈpɔrto]	Ich möchte den Verlust meines Reisepasses melden.
Ho appena assistito ad una rapina!	[ɔ apˈpeːna assisˈtiːto ad ˈuːna raˈpiːna]	Ich habe gerade einen Raubüberfall mitbekommen!
Aiuto, sono stato derubato!	[aˈjuːto ˈsoːno ˈstaːto deruˈbaːto]	Hilfe, ich bin bestohlen worden!

SALDARE I CONTI

		Rechnungen begleichen
Può rilasciarmi una fattura?	[ˈpuɔ rilaʃˈʃarmi ˈu:na fatˈtu:ra]	Können Sie mir bitte eine Rechnung ausstellen?
L'IVA è inclusa?	[ˈli:va ɛ iŋˈklu:za]	Ist die Mehrwertsteuer inbegriffen?
Sono previste spese aggiuntive?	[ˈso:no preˈviste ˈspe:se addʒunˈti:ve]	Fallen zusätzliche Kosten an?
È un servizio a pagamento?	[ɛ un serˈvittsjo a pagaˈmento]	Handelt es sich um eine gebührenpflichtige Dienstleistung?
Si tratta di una spesa detraibile?	[si ˈtratta di ˈu:na ˈspe:sa detraˈi:bile]	Ist die Ausgabe steuerlich absetzbar?
Potrei avere le Sue coordinate bancarie?	[poˈtrɛ:i aˈve:re le ˈsu:e koordiˈna:te baŋˈka:rje]	Könnte ich bitte Ihre Bankverbindung haben?

IN AGENZIA IMMOBILIARE

		In der Immobilienagentur
Sto cercando un appartamento in affitto.	[sto tʃerˈkando un appartaˈmento in afˈfitto]	Ich suche eine Mietwohnung.
Quanto costa al metro quadro?	[ˈkuanto ˈkɔsta al ˈmɛtro ˈkua:dro]	Was kostet sie pro Quadratmeter?
Questa casa ha un balcone o una terrazza?	[ˈkuesta ˈka:sa a un balˈko:ne o ˈu:na terˈrattsa]	Hat dieses Haus einen Balkon oder eine Terrasse?
C'è un parcheggio nelle vicinanze?	[tʃɛ un parˈkedd:ʒo nelle vitʃiˈnantse]	Gibt es einen Parkplatz in der Nähe?
La cucina ha un forno elettrico o a gas?	[la kuˈtʃi:na a un ˈforno eˈlɛttriko o a gaz]	Hat die Küche einen Elektro- oder Gasherd?
Quanto consuma questa lavatrice?	[ˈkuanto konˈsu:ma ˈkuesta lavaˈtri:tʃe]	Wie viel verbraucht diese Waschmaschine?

ALLA POSTA

Auf der Post

A che ora viene ritirata la posta?	[a ke 'o:ra 'vjɛ:ne riti'ra:ta la 'pɔsta]	Um wie viel Uhr wird die Post abgeholt?
Mi occorrono due francobolli per la Svizzera.	[mi ok'korrono 'du:e fraŋko'bolli per la 'zvittsera]	Ich brauche zwei Briefmarken für die Schweiz.
Quando arriva questa lettera se la spedisco oggi?	['kuando ar'ri:va 'kuesta let'te:ra se la spe'disko 'ɔddʒi]	Wann kommt dieser Brief an, wenn ich ihn heute abschicke?
La spedisca come raccomandata con ricevuta di ritorno.	[la spe'diska 'ko:me rakkoman'da:ta kon ritʃe'vu:ta di ri'torno]	Schicken Sie es bitte als Einschreiben mit Rückschein.

ALTRI SERVIZI

Sonstige Dienstleistungen

Si viene per appuntamento?	[si 'vjɛ:ne per appunta'mento]	Braucht man einen Termin?
Entro quando può lavare quest'abito?	['entro 'kuando 'puɔ la'va:re kues'ta:bito]	Bis wann können Sie diesen Anzug reinigen?
Cerco un buon idraulico. Può consigliarmene uno?	['tʃerko un buɔn i'dra:uliko 'puɔ konsiʎ'ʎarmene 'u:no]	Ich suche einen guten Installateur. Können Sie mir einen empfehlen?
Mi occorre una foto tessera.	[mi ok'korre 'u:na 'fo:to 'tɛssera]	Ich brauche ein Passbild.
Si è rotta la lavatrice.	[si ɛ 'rotta la lava'tri:tʃe]	Die Waschmaschine funktioniert nicht mehr.
Ho perso le chiavi di casa.	[ɔ 'pɛrso le 'kja:vi di 'ka:sa]	Ich habe die Hausschlüssel verloren.
Vengo a ritirarlo domani.	['vɛŋgo a riti'rarlo do'ma:ni]	Ich komme morgen, um es abzuholen.
Manca la corrente in cucina.	['maŋka la kor'rɛnte in ku'tʃi:na]	In der Küche ist kein Strom.
Il rubinetto perde.	[il rubi'netto 'perde]	Der Wasserhahn tropft.

Questa gonna andrebbe accorciata.	[ˈkuesta ˈgɔnna andˈrɛbbe akkorˈ tʃa:ta]	Dieser Rock müsste gekürzt werden.
Conosce un avvocato che parli tedesco?	[koˈnoʃʃe un avvoˈka:to ke ˈparli teˈdesko]	Kennen Sie einen Anwalt, der Deutsch spricht?
C'è una lavanderia a secco qui vicino?	[tʃɛ ˈu:na lavandeˈri:a a ˈsekko kuˈi viˈtʃi:no]	Gibt es hier in der Nähe eine Trockenreinigung?
A che ora apre la sartoria?	[a ke ˈɔ:ra ˈa:pre la sartoˈri:a]	Um wie viel Uhr öffnet die Schneiderei?
Vorrei allargare questa giacca.	[vɔrˈrɛ:i allarˈga:re ˈkuesta ˈdʒakka]	Ich möchte diese Jacke gerne weiter machen lassen.
Quali tessuti mi consiglia?	[ˈkua:li tesˈsu:ti mi konˈsiʎʎa]	Welche Stoffe empfehlen Sie mir?
Ha il numero del servizio chiavi?	[a il ˈnu:mero del serˈvittsjo ˈkja:vi]	Haben Sie die Nummer des Schlüsseldienstes?
Ho bisogno di una copia di questa chiave.	[ɔ biˈzo:ɲo di ˈu:na ˈkɔpja di ˈkuesta ˈkja:ve]	Ich benötige eine Schlüsselkopie.

NEL SALONE DA PARRUCCHIERE

Im Friseursalon

Vorrei tagliare solo le punte.	[vɔrˈrɛ:i taʎˈʎa:re ˈso:lo le ˈpun:te]	Ich möchte nur die Spitzen schneiden lassen.
Potrebbe accorciare un po' i capelli?	[poˈtrɛbbe akkorˈtʃa:re un pɔ i kaˈpɛlli]	Könnten Sie die Haare ein wenig kürzen?
Vorrei farmi la frangia.	[vɔrˈrɛ:i ˈfa:rmi la ˈfrandʒa]	Ich hätte gerne einen Pony.
Quanto costa la tinta per capelli?	[ˈkuanto ˈkɔsta la ˈtinta per kaˈpɛlli]	Was kostet es, die Haare zu färben?
Preferirei un colore più naturale.	[preferiˈrɛ:i un koˈlo:re pju natuˈra:le]	Ich hätte lieber eine natürlichere Farbe.

DALL'OTTICO

Beim Optiker

Vorrei comprare un nuovo paio di occhiali.

Ich möchte gerne eine neue Brille kaufen.

Preferisce un modello classico o qualcosa di più moderno?

Möchten Sie lieber ein klassisches Modell oder etwas Moderneres?

Mi piacerebbe qualcosa di leggero e comodo con un bel design.

Ich hätte gerne etwas Leichtes und Bequemes mit einem schönen Design.

Questi modelli in titanio potrebbero piacerLe.

Diese Modelle aus Titan könnten Ihnen gefallen.

Ha anche altre varianti di colore?

Gibt es noch andere Farbvarianten?

Lo abbiamo in nero, argento e blu scuro.

Wir haben sie in Schwarz, Silber und Dunkelblau.

Il blu scuro mi sembra elegante.
Lo provo.

Die dunkelblaue finde ich elegant.
Ich probiere sie an.

Le sta molto bene!

Sie steht Ihnen sehr gut!

Quanto tempo ci vuole per le lenti?

Wie lange dauert es, bis die Gläser fertig sind?

Possiamo offrire un servizio express.
Gli occhiali sarebbero pronti tra due giorni.

Wir können Ihnen einen Express-Service anbieten.
Die Brille wäre in zwei Tagen fertig.

ALL'AUTONOLEGGIO

Bei der Fahrzeugvermietung

Vorrei noleggiare un'auto per qualche giorno.

Ich würde gerne für ein paar Tage ein Auto mieten.

Ha bisogno di un modello specifico o preferisce qualcosa di economico?

Benötigen Sie ein bestimmtes Modell oder bevorzugen Sie etwas Kostengünstiges?

Mi piacerebbe un'auto spaziosa, ma non troppo grande.

Ich hätte gerne ein geräumiges, aber nicht zu großes Auto.

In questo caso, una berlina potrebbe fare al caso Suo.

In diesem Fall wäre eine Limousine eine gute Wahl.

Ha anche veicoli con cambio automatico?

Haben Sie auch Fahrzeuge mit Automatikgetriebe?

Certo, abbiamo modelli sia con cambio manuale che automatico. Questo modello è molto efficiente nei consumi.

Natürlich, wir haben sowohl Modelle mit Schalt- als auch mit Automatikgetriebe. Dieses Modell ist sehr kraftstoffsparend.

Quanto tempo ci vuole per completare il noleggio?

Wie lange dauert es, bis die Anmietung erledigt ist?

Bastano pochi minuti. Deve solo firmare il contratto e può partire!

Nur ein paar Minuten. Sie müssen nur den Vertrag unterschreiben, dann können Sie losfahren!

GUT ZU WISSEN!

! In Italien gibt es gleich fünf verschiedene Organe, die für die öffentliche Sicherheit sorgen. Das mag aus deutscher Sicht etwas verwirrend sein. Die folgende Aufschlüsselung soll Ihnen helfen, ein wenig Licht in die Materie zu bringen.

Polizia di Stato	Die **agenti di polizia** sorgen für Sicherheit und für die Einhaltung der öffentlichen Ordnung.
Arma dei Carabinieri	Die **carabinieri** haben militärischen Charakter und sind für die Verteidigung des Staates zuständig. Darüber hinaus sind sie für die öffentliche Sicherheit verantwortlich.
Guardia di Finanza	Die *Steuerpolizei* sorgt für die Einhaltung der Wirtschafts- und Finanznormen. Ihnen steht auch der Grenzschutz zu.
Polizia Penitenziaria	Die *Gefängnispolizei* garantiert Sicherheit und Ordnung in den Haftanstalten.
Corpo Forestale dello Stato	Der *Forstkorps* ist eine Spezialeinheit mit Kompetenzen im Bereich des Natur- und Landschaftsschutzes.

AUFGEPASST:
Falsche Freunde!

Im Deutschen ist *Kamera* ein Synonym für einen Fotoapparat. Im Italienischen steht **camera** hingegen für Zimmer, ist also eng verwandt mit der *Kammer*. Wenn man berücksichtigt, dass die Kamera von der lateinischen „camera obscura", also der „dunklen Kammer" abgeleitet ist, schließt sich der Kreis wieder.

ETAPPEN**SIEG!**

Inzwischen kommen Sie auch im Alltag ganz gut zurecht.
Wir hoffen, dass Sie von kleineren oder größeren Wehwehchen verschont bleiben. Falls es aber doch dazu kommen sollte, wird Ihnen unser nächstes Kapitel weiterhelfen.

09

Autsch! Gesundheit und Erste Hilfe

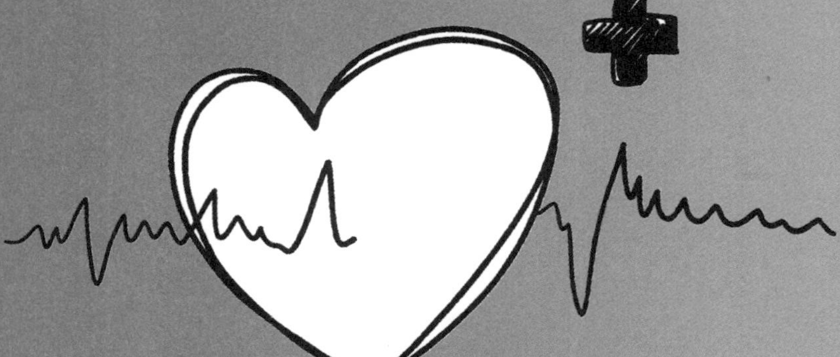

Auch im Urlaub können gesundheitliche Probleme auftreten. Da ist man gut beraten, wenn man sich verständigen kann, ohne erst lange nach dem passenden Vokabular suchen zu müssen.

Dieses Kapitel bietet Ihnen wertvolle Hilfestellung.

IN GENERALE — Allgemeines

la clinica	[ˈkliːnika]	die Klinik
il dottore / la dottoressa	[dotˈtoːre / dottoˈressa]	der Arzt / die Ärztin
la guardia medica	[ˈguardja ˈmɛːdika]	der ärztliche Bereitschaftsdienst
l'infermiere *m* / l'infermiera *f*	[inferˈmjɛːre / inferˈmjɛːra]	der Krankenpfleger / die Krankenschwester
l'ospedale *m*	[ospeˈdaːle]	das Krankenhaus
il Pronto Soccorso	[ˈpronto sokˈkorso]	die Ambulanz

SINTOMI — Symptome

la diarrea	[diarˈrɛːa]	der Durchfall
il dolore	[doˈloːre]	der Schmerz
la ferita	[feˈriːta]	die Verletzung
l'insolazione *f*	[insolatˈtsjoːne]	der Sonnenstich
il mal di testa	[mal di ˈtɛsta]	die Kopfschmerzen *m pl*
la scottatura solare	[skottaˈtuːra soˈlaːre]	der Sonnenbrand

DALL'OTTICO — Beim Optiker

la custodia per gli occhiali	[kusˈtɔːdja per ʎi okˈkjaːli]	das Brillenetui
le lenti a contatto	[ˈlɛnti a konˈtatto]	die Kontaktlinsen
le lenti bifocali	[ˈlɛnti bifoˈkaːli]	die Gleitsichtgläser
la stanghetta degli occhiali	[staˈŋgetta ˈdeːʎi okˈkjaːli]	der Brillenbügel
la montatura	[montaˈtuːra]	das Gestell
gli occhiali *m pl*	[okˈkjaːli]	die Brille
l'ottico *m* / l'ottica *f*	[ˈɔttiko/ˈɔttika]	der Optiker / die Optikerin

MEDICI SPECIALISTI

Fachärzte

il/la dentista	[den'tista]	der Zahnarzt / die Zahnärztin
il dermatologo / la dermatologa	[derma'tɔ:logo / derma'tɔ:loga]	der Hautarzt / die Hautärztin
il ginecologo / la ginecologa	[dʒine'kɔ:logo / dʒine'kɔ:loga]	der Frauenarzt / die Frauenärztin
l'oculista *m/f*	[oku'lista]	der Augenarzt / die Augenärztin
il/la pediatra	[pe'dja:tra]	der Kinderarzt / die Kinderärztin
lo psicologo / la psicologa	[psi'kɔ:logo/psi'kɔ:loga]	der Psychologe / die Psychologin
il veterinario / la veterinaria	[veteri'na:rjo/veteri'na:rja]	der Tierarzt / die Tierärztin

IN FARMACIA

In der Apotheke

la compressa / la pastiglia	[kom'prɛssa / pas'tiʎʎa]	die Tablette
la farmacia	[farma'tʃi:a]	die Apotheke
la farmacia di turno	[farma'tʃi:a di 'turno]	die Notdienstapotheke
il/la farmacista	[farma'tʃista]	der Apotheker / die Apothekerin
le gocce	['gottʃe]	die Tropfen
il medicinale	[meditʃi'na:le]	das Medikament
la pomata	[po'ma:ta]	die Salbe
la ricetta medica	[ri'tʃɛtta 'mɛ:dika]	das Rezept
la supposta	[sup'posta]	das Zäpfchen
ferirsi	[fe'rirsi]	sich verletzen

IN GENERALE		Allgemeines
Chiami un'ambulanza!	['kja:mi un ambu'lantsa]	Rufen Sie einen Krankenwagen!
Ha con sé la tessera sanitaria?	[a kon se la 'tɛssera sani'tarja]	Haben Sie Ihre Krankenversicherungskarte dabei?
Potrebbe raccomandarmi un dermatologo?	[po'trɛbbe rakkoman'darmi un derma'tɔ:logo]	Könnten Sie mir einen Hautarzt empfehlen?
Conosce un buon pediatra?	[ko'noʃʃe un buɔn pe'dja:tra]	Kennen Sie einen guten Kinderarzt?
Tenere fuori dalla portata di bambini.	[te'ne:re fu'ɔ:ri 'dalla por'ta:ta di bam'bi:ni]	Für Kinder unzugänglich aufbewahren.
Ho perso le mie lenti a contatto.	[ɔ 'pɛrso le 'mi:e 'lɛnti a kon'tatto]	Ich habe meine Kontaktlinsen verloren.

DAL MEDICO DI FAMIGLIA		Beim Hausarzt
Le consiglio di consultare uno specialista.	[le kon'siʎʎo di konsul'ta:re 'u:no spetʃa'lista]	Ich empfehle Ihnen, einen Facharzt zu konsultieren.
Prenda due pastiglie al giorno da assumere dopo i pasti.	['prɛnda 'du:e pas'tiʎʎe al 'dʒorno da as'su:mere 'do:po i 'pasti]	Nehmen Sie nach den Mahlzeiten zwei Tabletten am Tag ein.
Ho un forte mal di testa.	[ɔ un 'fɔrte mal di 'tɛsta]	Ich habe starke Kopfschmerzen.
Può prescrivermi un analgesico?	['puɔ pres'krivermi un anal'dʒɛ:ziko]	Können Sie mir ein Schmerzmittel verschreiben?
Mi sono ustionato.	[mi 'so:no ustjo'na:to]	Ich habe mich verbrannt.
Il medico fa anche visite a domicilio?	[il 'mɛ:diko fa 'aŋke 'vi:site a domi'tʃi:ljo]	Macht der Arzt auch Hausbesuche?
Mi sento poco bene.	[mi 'sento 'pɔ:ko 'bɛ:ne]	Ich fühle mich nicht so wohl.

Ho le gambe gonfie.	[ɔ le 'gambe 'gonfie]	Ich habe geschwollene Beine.
Soffro di nausea.	['soffro di 'na:uzea]	Mir ist übel.
Respiri profondamente.	[res'pi:ri profonda'mente]	Atmen Sie tief ein.
Non è niente di grave.	[non ɛ 'njɛnte di 'gra:ve]	Es ist nichts Ernstes.
Trattenga il respiro.	[trat'tɛŋga il res'pi:ro]	Halten Sie den Atem an.
Mi fa vedere il Suo libretto di vaccinazione?	[mi fa ve'de:re il 'su:o li'bretto di vattʃinat'tsjo:ne]	Würden Sie mir bitte Ihren Impfpass zeigen?
Di solito prendo dei calmanti.	[di 'sɔ:lito 'prɛndo 'dei kal'manti]	Normalerweise nehme ich Beruhigungsmittel.
Ho la febbre a 38.	[ɔ la 'fɛbbre a tren'tɔtto]	Ich habe 38 Fieber.
Sono raffreddato.	['so:no raffred'da:to]	Ich bin erkältet.
Sono allergico agli antibiotici.	['so:no al'lɛrdʒiko 'aʎʎi antibi'jɔ:titʃi]	Ich bin allergisch gegen Antibiotika.
Soffro di stitichezza.	['soffro di stiti'kettsa]	Ich leide an Verstopfung.
Fa uso di anticoncezionali?	[fa 'u:so di antikontʃettsjo'na:li]	Verwenden Sie Verhütungsmittel?
Avrei bisogno di un lassativo.	[av'rei bi'zo:ɲo di un lassa'ti:vo]	Ich bräuchte ein Abführmittel.
Le consiglio un immediato ricovero.	[le kon'siʎʎo un imme'dja:to ri'ko:vero]	Ich empfehle Ihnen eine unverzügliche Einweisung ins Krankenhaus.
Mi faccia vedere la lingua.	[mi 'fattʃa ve'de:re la 'liŋgua]	Zeigen Sie mal Ihre Zunge.

IN FARMACIA

		In der Apotheke
Sono noti degli effetti collaterali?	[ˈsoːno ˈnɔːti ˈdeʎʎi efˈfɛtti kollateˈraːli]	Sind Nebenwirkungen bekannt?
Potrebbe darmi un sonnifero?	[poˈtrɛbbe ˈdarmi un sonˈniːfero]	Könnten Sie mir ein Schlafmittel geben?
La posologia è indicata sulla confezione.	[la pozoloˈdʒiːa ɛ indiˈkaːta ˈsulla konfetˈtsjoːne]	Die Dosierungsanleitung ist auf der Verpackung angegeben.
Legga bene il foglio illustrativo.	[ˈlɛgga ˈbɛːne il ˈfɔʎʎo illustraˈtiːvo]	Lesen Sie sich die Packungsbeilage gut durch.
Questo farmaco è soggetto a prescrizione medica.	[ˈkuesto ˈfarmako ɛ sodˈdʒɛtto a preskritˈtsjoːne ˈmɛːdika]	Dieses Arzneimittel ist verschreibungspflichtig.
Questo medicinale è esente da ticket.	[ˈkuesto meditʃiˈnaːle ɛ eˈzɛnte da ˈtiket]	Dieses Medikament bekommen Sie ohne Selbstbeteiligung an den Kosten.

DAL DENTISTA

		Beim Zahnarzt
Ho un dente cariato.	[ɔ un ˈdɛnte kaˈrjaːto]	Ich habe einen kariösen Zahn.
Si è spezzata la dentiera.	[si ɛ spetˈtsaːta la denˈtjɛːra]	Meine Zahnprothese ist gebrochen.
Mi si è rotto un dente.	[mi si ɛ ˈrotto un ˈdɛnte]	Mir ist ein Zahn abgebrochen.
Ho un forte mal di denti.	[ɔ un ˈfɔrte mal di ˈdɛnti]	Ich habe starke Zahnschmerzen.
Mi è caduta un'otturazione.	[mi ɛ kaˈduːta unotturatˈtsjoːne]	Ich habe eine Füllung verloren.
Deve estrarre il dente?	[ˈdɛve esˈtrarːre il ˈdɛnte]	Muss der Zahn gezogen werden?
Mi può prescrivere un antidolorifico?	[mi puɔ presˈkriːvere un antidoloˈriːfiko]	Könnten Sie mir ein Schmerzmittel verschreiben?

ALL'OSPEDALE

Im Krankenhaus

Si tratta di un'emergenza.	[si 'tratta di unemer'dʒɛntsa]	Es handelt sich um einen Notfall.
Domani potrà essere dimesso.	[do'ma:ni po'tra 'ɛssere di'messo]	Morgen können Sie wieder aus dem Krankenhaus entlassen werden.
C'è qualcuno che parla tedesco?	[tʃɛ kual'ku:no ke 'parla te'dɛsko]	Spricht hier jemand Deutsch?
Vorrei parlare con un medico.	[vɔr'rɛ:i par'la:re kon 'u:n 'mɛdiko]	Ich möchte mit einem Arzt/ einer Ärztin sprechen.
Preferirei farmi operare in Germania.	[preferi'rɛ:i 'farmi ope'ra:re in dʒer'ma:nja]	Ich möchte mich lieber in Deutschland operieren lassen.
Sono assicurato/assicurata per il rientro sanitario.	['so:no assikura'to/ assikura'ta per il ri'ɛntro sani'ta:rjo]	Ich habe eine Versicherung für den Rücktransport.
Avvisi la mia famiglia, per favore.	[av'vi:si la 'mi:a fa'miʎʎa per fa'vo:re]	Bitte benachrichtigen Sie meine Familie.
Mi dia qualcosa per dormire, per favore.	[mi 'di:a kual'kɔ:sa per dor'mi:re per fa'vo:re]	Geben Sie mir bitte etwas zum Einschlafen.
Mi fa molto male la testa.	[mi fa 'molto 'ma:le la 'tɛsta]	Ich habe starke Kopfschmerzen.
È possibile avere un interprete?	[ɛ pos'si:bile a've:re un in'tɛrprete]	Ist es möglich, einen Dolmetscher zu bekommen?
Devo fare una radiografia.	['dɛ:vo 'fa:re 'u:na radjogra'fi:a]	Ich bin zum Röntgen da.
Ho bisogno di un certificato medico.	[ɔ bi'so:ɲo di un tʃertifi'ka:to 'mɛdiko]	Ich benötige ein ärztliches Attest.
Quanto devo aspettare per la visita?	['kuanto 'dɛ:vo aspet'ta:re per la 'vi:sita]	Wie lange muss ich auf die Untersuchung warten?

IN FARMACIA

In der Apotheke

Ho preso troppo sole e la mia pelle è tutta rossa. Avete una crema lenitiva?

Ich war zu lang in der Sonne und nun ist meine Haut stark gerötet. Haben Sie eine beruhigende Creme?

Le consiglio questa pomata all'aloe vera. È molto rinfrescante.

Ich empfehle Ihnen diese Salbe mit Aloe Vera. Sie ist sehr erfrischend.

Come mi consiglia di usarla?

Wie ist sie am besten zu verwenden?

È preferibile applicarla tre volte al giorno, soprattutto dopo la doccia.

Ich empfehle Ihnen, sie dreimal am Tag aufzutragen, vor allem nach dem Duschen.

Mi occorre anche qualcosa contro il mal di testa.

Ich benötige auch etwas gegen Kopfschmerzen.

Abbiamo queste compresse.
Sono efficaci e facili da prendere.

Wir haben diese Tabletten.
Sie wirken gut und sind leicht einzunehmen.

Serve la ricetta per le compresse?

Ist für die Tabletten ein Rezept erforderlich?

No, per questo tipo di farmaci non è necessaria.

Nein, für diese Art von Medikamenten benötigt man keines.

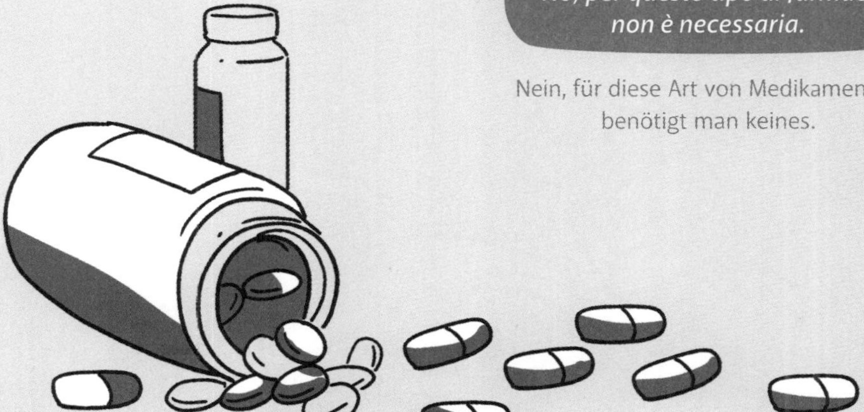

DALLA DENTISTA

Bei der Zahnärztin

*Prego, si accomodi.
Cosa la porta qui?*

Bitte, nehmen Sie Platz.
Was führt Sie zu mir?

Da qualche giorno ho mal di denti, soprattutto quando mangio qualcosa di freddo o dolce.

Ich habe seit einigen Tagen Zahnschmerzen, vor allem wenn ich etwas Kaltes oder Süßes esse.

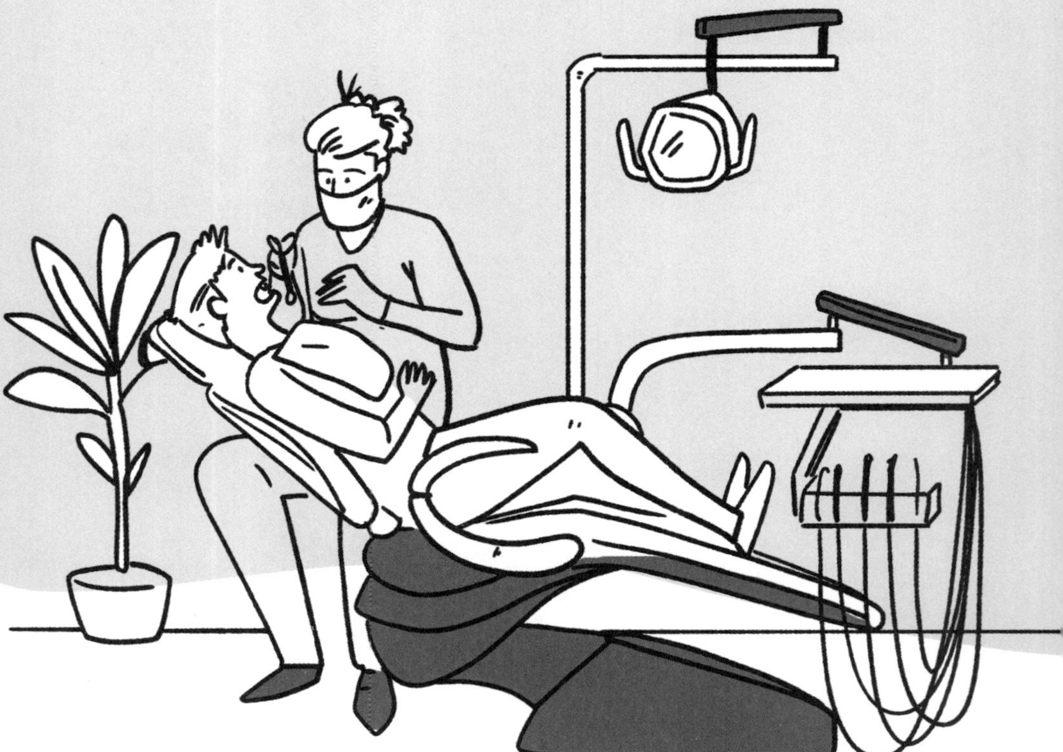

Per favore, apra la bocca ...
Vedo una piccola carie su un molare.

Öffnen Sie bitte den Mund ...
Ich sehe eine kleine Karies
an einem Backenzahn.

Oh no! È grave?

Oh nein! Ist das schlimm?

No, niente di preoccupante.
Posso curarla subito con una semplice otturazione.

Nein, nichts Besorgniserregendes.
Ich kann das sofort mit einer einfachen Füllung behandeln.

D'accordo.
Dovrò fare l'anestesia?

Einverstanden.
Brauche ich eine Betäubung?

Sì, per evitare qualsiasi dolore.
Non si preoccupi,
sarà solo una piccola puntura.

Ja, um Schmerzen zu vermeiden.
Seien Sie unbesorgt,
es handelt sich nur um eine kleine Spritze.

Non amo le punture,
ma se serve ...

Ich mag keine Spritzen,
aber wenn es hilft ...

GUT ZU WISSEN!

! In vielen Touristenorten können Sie sich im Bedarfsfall an den **guardia medica per turisti** (*medizinischer Dienst für Touristen*) wenden. In der Regel müssen die Behandlungskosten direkt entrichtet werden. Nach der Heimreise können Sie die Arztrechnung bei Ihrer Krankenkasse einreichen. Mancherorts wird dieser Dienst allerdings nur in der Ferienzeit angeboten.

! Grundsätzlich wird Ihnen bei Beschwerden jede Ärztin und jeder Arzt bereitwillig weiterhelfen.

! In Notfällen sucht man am besten die **pronto soccorso** (*Notaufnahme*) auf oder fordert über die Nummer 112 den ärztlichen Notdienst an.

AUFGEPASST:
Falsche Freunde!

Ambulanza und *Ambulanz* sind beides Begriffe aus dem medizinischen Bereich, haben aber zum Teil unterschiedliche Bedeutungen. **Ambulanza** steht für *Krankenwagen*. Es stimmt zwar, dass hierfür im Deutschen auch der Begriff *Ambulanz* gängig ist. Doch zur „Ambulanz“ im Sinne einer *Krankenhausstation* sagt man in Italien **ambulatorio**.

ETAPPEN**SIEG!**

Glücklicherweise haben Sie das eine oder andere Wehwehchen gut überstanden. Falls Sie jetzt noch über Honorarforderungen verhandeln müssen, kann das nächste Kapitel, das Sie in die Welt der Zahlen einführen wird, ganz wertvoll sein.

10

Wann? Wie viel? **Zahlen, Datum** und **Uhrzeit**

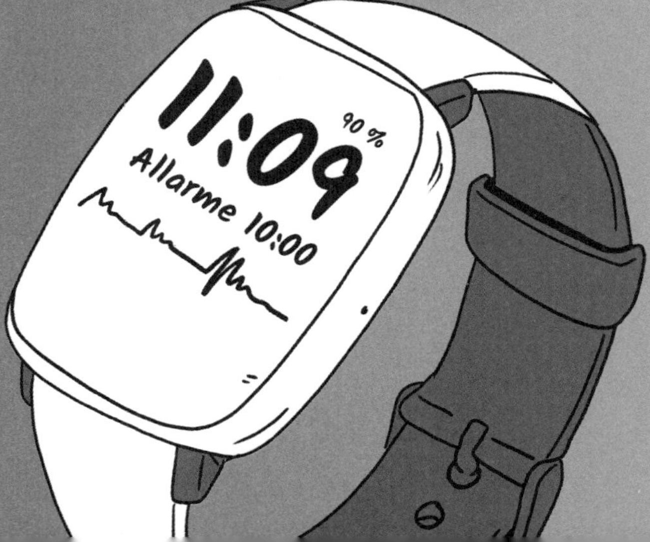

Möchten Sie Missverständnisse, peinliche Situationen oder gar Ärger vermeiden, ist es unerlässlich, sich in der Welt der Zahlen auszukennen.

In diesem Kapitel werden Sie behutsam darin eingeführt.

NUMERI ORDINALI		Ordinalzahlen
il primo / la prima	[ˈpriːmo/ˈpriːma]	der/die/das erste
il secondo / la seconda	[seˈkondo/seˈkonda]	der/die/das zweite
il terzo / la terza	[ˈtɛrtso/ˈtɛrtsa]	der/die/das dritte
il quarto / la quarta	[ˈkuarto/ˈkuarta]	der/die/das vierte
il quinto / la quinta	[ˈkuinto/ˈkuinta]	der/die/das fünfte
il sesto / la sesta	[ˈsɛsto/ˈsɛsta]	der/die/das sechste
il settimo / la settima	[ˈsɛttimo/ˈsɛttima]	der/die/das siebte
l'ottavo / l'ottava	[otˈtaːvo/otˈtaːva]	der/die/das achte
il nono / la nona	[ˈnɔːno/ˈnɔːna]	der/die/das neunte
il decimo / la decima	[ˈdɛːtʃimo/ˈdɛːtʃima]	der/die/das zehnte
il centesimo / la centesima	[tʃenˈtɛːzimo/tʃenˈtɛːzima]	der/die/das hundertste

I MESI DELL'ANNO		Die Monate
il gennaio	[dʒenˈnaːjo]	der Januar
il febbraio	[febˈbraːjo]	der Februar
il marzo	[ˈmartso]	der März
l'aprile *m*	[aˈpriːle]	der April
il maggio	[ˈmaddʒo]	der Mai
il giugno	[ˈdʒuːɲo]	der Juni
il luglio	[ˈluʎʎo]	der Juli
l'agosto *m*	[aˈgosto]	der August
il settembre	[setˈtɛmbre]	der September
l'ottobre *m*	[otˈtoːbre]	der Oktober
il novembre	[noˈvɛmbre]	der November
il dicembre	[diˈtʃɛmbre]	der Dezember

LE STAGIONI — Die Jahreszeiten

la primavera	[prima'vɛ:ra]	der Frühling
l'estate *f*	[es'ta:te]	der Sommer
l'autunno *m*	[au'tunno]	der Herbst
l'inverno *m*	[in'vɛrno]	der Winter

I GIORNI DELLA SETTIMANA — Die Wochentage

il lunedì	[lune'di]	der Montag
il martedì	[marte'di]	der Dienstag
il mercoledì	[merkole'di]	der Mittwoch
il giovedì	[dʒove'di]	der Donnerstag
il venerdì	[vener'di]	der Freitag
il sabato	['sa:bato]	der Samstag
la domenica	[do'me:nika]	der Sonntag

RICORRENZE IMPORTANTI — Wichtige Daten

il Natale	[na'ta:le]	das Weihnachten
la vigilia di Natale	[vi'dʒi:lja di na'ta:le]	der Heiligabend
il San Silvestro	[san sil'vɛstro]	das Silvester
il carnevale	[karne'va:le]	der Karneval
il ramadan	[rama'dan]	der Ramadan
la settimana santa	[setti'ma:na 'santa]	die Karwoche
le vacanze estive	[va'kantse es'ti:ve]	die Sommerferien
il giorno festivo	['dʒorno fes'ti:vo]	der Feiertag

L'ORARIO		**Die Uhrzeit**
Può dirmi che ore sono?	[ˈpuɔ ˈdirmi ke ˈoːre ˈsoːno]	Können Sie mir sagen, wie spät es ist?
Chiudiamo a mezzogiorno.	[kjuˈdiaːmo a meddzoˈdʒorno]	Wir schließen um zwölf Uhr mittags.
È l'una.	[ɛ ˈluːna]	Es ist ein Uhr.
Sono le due e dieci.	[ˈsoːno le ˈduːe e ˈdjɛːtʃi]	Es ist zehn nach zwei.
Sono le tre e un quarto.	[ˈsoːno le tre e un ˈkuarto]	Es ist Viertel nach drei.
Sono le quattro e venticinque.	[ˈsoːno le ˈkuattro e ventiˈtʃiŋkue]	Es ist fünf vor halb fünf.
Sono le cinque e mezza.	[ˈsoːno le ˈtʃiŋkue e ˈmɛddza]	Es ist halb sechs.
Sono le sei meno un quarto.	[ˈsoːno le ˈsɛːi ˈmeːno un ˈkuarto]	Es ist Viertel vor sechs.
Mancano dieci minuti alle sette.	[ˈmaŋkano ˈdjɛːtʃi miˈnuːti ˈalle ˈsɛtte]	Es ist zehn vor sieben.
Sono le otto meno cinque.	[ˈsoːno le ˈɔtto ˈmeːno ˈtʃiŋkue]	Es ist fünf vor acht.
Sono le nove in punto.	[ˈsoːno le ˈnɔːve in ˈpunto]	Es ist genau neun Uhr.
Vengo tra le dieci e le undici.	[ˈvɛŋgo tra le ˈdjɛːtʃi e le ˈunditʃi]	Ich komme zwischen zehn und elf Uhr.
È appena scoccata la mezzanotte.	[ɛ apˈpeːna skokˈkaːta la meddzaˈnɔtte]	Die Uhr hat gerade Mitternacht geschlagen.

ULTERIORI INDICAZIONI DEL TEMPO		Weitere Zeitangaben
Quando inizia lo spettacolo?	[ˈkuando iˈnittsja lo spetˈta:kolo]	Wann beginnt die Vorstellung?
Che ne dici di incontrarci fra un'ora?	[ke ne ˈdi:tʃi di iŋkonˈtrartʃi fra uˈno:ra]	Was hältst du davon, wenn wir uns in einer Stunde treffen?
Domani inizia l'ora legale.	[doˈma:ni iˈnittsia ˈlo:ra leˈga:le]	Morgen beginnt die Sommerzeit.
A fine ottobre si ritorna all'ora solare.	[a ˈfi:ne otˈto:bre si riˈtorna alˈlo:ra leˈga:le]	Ende Oktober beginnt wieder die Winterzeit.
Mi piacerebbe fermarmi per due settimane e mezzo.	[mi pjatʃeˈrɛbbe ferˈmarmi per ˈdu:e settiˈma:ne e ˈmeddzo]	Ich würde gerne zweieinhalb Wochen bleiben.
Fra due mesi mi iscrivo all'università.	[fra ˈdu:e ˈme:si mi isˈkri:vo alluniversiˈta]	In zwei Monaten werde ich mich an der Universität einschreiben.
Ieri ho incontrato tua sorella.	[ˈjɛ:ri ɔ iŋkonˈtra:to ˈtu:a soˈrɛlla]	Gestern habe ich deine Schwester getroffen.
Allora rimandiamo il tutto a dopodomani.	[alˈlo:ra rimanˈdja:mo il ˈtutto a dopodoˈma:ni]	Dann verschieben wir das Ganze also auf übermorgen.
La biblioteca è aperta anche di pomeriggio?	[la bibljoˈtɛ:ka ɛ aˈpɛrta ˈaŋke di pomeˈriddʒo]	Hat die Bibliothek auch nachmittags geöffnet?
Presto inizia la bella stagione.	[ˈprɛsto iˈnittsja la ˈbɛlla staˈdʒo:ne]	Bald beginnt die schöne Jahreszeit.
Il prossimo fine settimana vado in montagna.	[il ˈprɔssimo ˈfi:ne settiˈma:na ˈva:do in monˈta:ɲa]	Nächstes Wochenende fahre ich in die Berge.
Stasera vengono degli amici a cena.	[staˈse:ra ˈvɛŋgono ˈdeʎʎi aˈmi:tʃi a ˈtʃe:na]	Heute Abend kommen Freunde zum Essen.
Domenica arriva la mia amica dalla Germania.	[doˈme:nika arˈi:va la ˈmi:a aˈmi:ka ˈdalla dʒerˈma:nja]	Am Sonntag reist meine Freundin aus Deutschland an.
Paolo parla ininterrotamente del suo immanente matrimonio.	[ˈpaɔlo ˈparla ininterrottaˈmente del ˈsu:o immaˈnɛnte matriˈmɔ:njo]	Paolo spricht ohne Unterlass von seiner bevorstehenden Hochzeit.

LA DATA

LA DATA		Datumsangaben
Che giorno è oggi?	[ke ˈdʒorno ɛ ˈɔddʒi]	Was ist heute für ein Tag?
Quanti ne abbiamo?	[ˈkuanti ne abˈbja:mo]	Der Wievielte ist heute?
Quale giorno della settimana è oggi?	[ˈkua:le ˈdʒorno ˈdella settiˈma:na ɛ ˈɔddʒi]	Welcher Wochentag ist heute?
In che mese siamo?	[in ke ˈme:se ˈsja:mo]	Welchen Monat haben wir?
Può indicarmi la Sua data di nascita?	[ˈpuɔ indiˈkarmi la ˈsu:a ˈda:ta di ˈnaʃʃita]	Würden Sie mir bitte Ihr Geburtsdatum nennen?
Scriva giorno, mese ed anno.	[ˈskri:va ˈdʒorno ˈme:se ed ˈanno]	Schreiben Sie Tag, Monat und Jahr.

MATEMATICA, PECENTUALI ED UNITÀ DI MISURA

MATEMATICA, PECENTUALI ED UNITÀ DI MISURA		Mathematik, Prozentsätze und Maßeinheiten
2 + 2 – 5 = –1	[ˈdu:e pju ˈdu:e ˈme:no ˈtʃiŋkue uˈgua:le ˈme:no ˈu:no]	2 + 2 – 5 = –1
3 × 0 = 0	[tre per ˈdzɛ:ro uˈgua:le ˈdzɛ:ro]	3 × 0 = 0
10 ÷ 4 = 2,5	[ˈdjɛ:tʃi diˈvi:zo ˈkuattro uˈgua:le ˈdu:e ˈvirgola ˈtʃiŋkue]	10 ÷ 4 = 2,5
Il 31 % degli italiani usa spesso la bicicletta.	[il trenˈtun perˈtʃɛnto ˈdeʎʎi itaˈlja:ni ˈu:za ˈspesso la bitʃiˈkletta]	31 % der Italiener benutzen häufig das Fahrrad.
Mi dia un boccale da mezzo litro.	[mi ˈdi:a un bokˈka:le da ˈmɛddzo ˈli:tro]	Geben Sie mir einen Krug mit 1/2 l.

Una bottiglia da tre quarti, per cortesia.	[ˈu:na botˈtiʎʎa da tre ˈkuarti per korteˈzi:a]	Eine Flasche mit 3/4 l, bitte.
Mi occorrono 250 g di burro.	[mi okˈkorrono duetʃɛntotʃiŋˈkuanta ˈgrammi di ˈburro]	Ich brauche ein halbes Pfund Butter.
Ha bevuto mezzo litro di vino.	[a beˈvu:to ˈmɛddzo ˈli:tro di ˈvi:no]	Er hat einen halben Liter Wein getrunken.
Mi dia una bottiglia d'acqua da un litro e mezzo.	[mi ˈdi:a ˈu:na botˈtiʎʎa ˈdakkua da un ˈli:tro e ˈmɛddzo]	Geben Sie mir eine 1,5-l-Flasche Wasser.
La valigia non deve eccedere i 23 kg di peso.	[la vaˈli:dʒa non ˈde:ve etˈtʃɛ:dere i ventiˈtre ˈki:li di ˈpe:so]	Der Koffer darf nicht schwerer als 23 kg sein.
Padova dista circa 80 km da qui.	[ˈpa:dova ˈdista ˈtʃirka otˈtanta kiˈlɔ:metri da kuˈi]	Padua ist ca. 80 km von hier entfernt.
Abbiamo preso in affitto un appartamento da 60 mq.	[abˈbja:mo ˈpre:so in afˈfitto un appartaˈmento da sesˈsanta ˈmɛ:tri ˈkua:dri/kuaˈdra:ti]	Wir haben eine 60 m²-Wohnung gemietet.
Di giorno ci sono circa 12 °C, ma di notte la temperatura cala a –5 °C.	[di ˈdʒorno tʃi ˈso:no ˈtʃirka ˈdo:ditʃi ˈgra:di (tʃenˈti:gradi) ma la ˈnɔtte la temperaˈtu:ra ˈka:la a ˈme:no ˈtʃiŋkue ˈgra:di (tʃenˈti:gradi)]	Tagsüber sind es etwa 12 °C, aber nachts sinkt die Temperatur auf –5 °C.
Il vicino del terzo piano è arrivato per primo all'incontro.	[il viˈtʃi:no del ˈtɛrtso ˈpja:no ɛ arriˈva:to per ˈpri:mo alliŋˈkontro]	Der Nachbar aus dem dritten Stock kam als Erster zu dem Treffen.

FISSARE UN APPUNTAMENTO

Sich verabreden

A che ora ci vediamo domani?

Um wie viel Uhr sehen wir uns morgen?

Che ne dici delle tre e mezza?

Was hältst du von halb vier?

Per visitare il museo mi sembra un po' tardi.

Für einen Besuch im Museum finde ich das etwas spät.

Diciamo alle due e un quarto?

Wie wäre es mit Viertel nach zwei?

Va bene! Così abbiamo abbastanza tempo per visitare tutto con calma.

Einverstanden! So haben wir genug Zeit, um alles in Ruhe anzuschauen.

Sai quanto costa l'ingresso?

Weißt du, was der Eintritt kostet?

Domani è mercoledì,
il giorno dell'ingresso gratuito.

Morgen ist Mittwoch,
da ist der Eintritt frei.

Perfetto! Allora ci vediamo domani
pomeriggio davanti al museo.

Super! Dann sehen wir uns morgen
Nachmittag vor dem Museum.

LA CASA VACANZE

Die Ferienwohnung

Sto cercando un appartamento per le vacanze.
Ne avete uno disponibile a luglio?

Ich suche eine Ferienwohnung.
Ist im Juli eine verfügbar?

Sì, abbiamo un appartamento libero dal 10 al 24 luglio.
Per quante persone?

Ja, vom 10. bis zum 24. Juli ist eine frei.
Für wie viele Personen?

Siamo in quattro.
L'appartamento è abbastanza grande?

Wir sind zu viert.
Ist die Wohnung groß genug?

Ha 75 metri quadrati, due camere da letto, un soggiorno con divano letto e una cucina attrezzata.

Sie ist 75 Quadratmeter groß und verfügt über zwei Schlafzimmer, ein Wohnzimmer mit Schlafsofa und eine Einbauküche.

Quanto costa a settimana?

Was kostet sie pro Woche?

850 euro, tutto incluso.

850 Euro, alles inklusive.

C'è il Wi-Fi?

Gibt es auch WLAN?

Sì, connessione veloce in tutta la casa.
Inoltre, c'è un balcone con vista sul mare.

Ja, schnelles WLAN in der gesamten Wohnung.
Außerdem gibt es einen Balkon mit Meerblick.

Fantastico!
Posso prenotarlo subito?

Wunderbar!
Kann ich sie gleich buchen?

Certo! Basta un acconto del 30%
e il resto lo pagherà all'arrivo.

Ja, natürlich! Sie müssen nur eine
Anzahlung von 30 % leisten und
den Rest zahlen Sie bei Ankunft.

GUT ZU WISSEN!

! Die meisten italienischen Feiertage decken sich mit den deutschen. Hier ist eine Auflistung der wichtigsten:

01.01.	**Capodanno**	*Neujahr*
	Pasqua	*Ostern*
	Lunedì dell'Angelo/ Pasquetta	*Ostermontag*
25.04.	**Festa della Liberazione**	*Befreiung vom Faschismus*
01.05.	**Festa del lavoro**	*Tag der Arbeit*
02.06.	**Festa della Repubblica**	*Gründung der Republik*
15.08.	**Assunzione/Ferragosto**	*Mariä Himmelfahrt*
01.11.	**Ognissanti**	*Allerheiligen*
08.12.	**Immacolata Concezione**	*Mariä Empfängnis*
24.12.	**Vigilia di Natale**	*Heiligabend*
25.12.	**Natale**	*Weihnachten*
26.12.	**Santo Stefano**	*Zweiter Weihnachtsfeiertag*
31.12.	**San Silvestro**	*Silvester*

Andere wichtige Tage sind beispielsweise der *Nikolaustag*, **San Nicola**, am 6. Dezember und der *Dreikönigstag*, **epifania**, am 6. Januar.

AUFGEPASST:
Falsche Freunde!

Das italienische Wort **termine** hat viele Bedeutungen. In den seltensten Fällen hat es etwas mit dem deutschen „Termin" zu tun. Es bedeutet *Grenze, (Fach)ausdruck, Frist, Schluss* – um nur ein paar Übersetzungen zu nennen. Möchten Sie aber mit jemandem einen *Termin* vereinbaren, so liegen Sie mit **appuntamento** richtig.

ETAPPEN**SIEG!**

Zahlvorgänge, Terminabsprachen und sogar Rechenaufgaben dürften nun problemlos möglich sein.

Im nächsten Kapitel kommen diese Kenntnisse unter Umständen bei Schwierigkeiten zum Einsatz.

11

Hilfe! Alles für den **Notfall**

Auf Reisen kann immer mal wieder auch etwas weniger Erfreuliches passieren.

Kein Grund, den Kopf zu verlieren. Möglicherweise ist die Lösung schon in diesem Kapitel zu finden.

EMERGENZE — Notfälle

l'emergenza *f*	[emer'dʒɛntsa]	der Notfall
l'incidente *m*	[intʃi'dɛnte]	der Unfall
l'interruzione *f*	[interrut'tsjo:ne]	die Unterbrechung
il blackout	[blæk'aut]	der Stromausfall
mancare	[maŋ'ka:re]	fehlen
perdere	['pɛrdere]	verlieren, verpassen

OGGETTI PERSONALI — Persönliche Gegenstände

il bagaglio	[ba'gaʎʎo]	das Gepäck
la borsa	['borsa]	die Tasche
il borsellino	[borsel'li:no]	die Geldbörse
la borsetta	[bor'setta]	die Handtasche
la chiave	['kia:ve]	der Schlüssel
la valigia	[va'li:dʒa]	der Koffer

DOCUMENTI IMPORTANTI — Wichtige Unterlagen

la carta d'identità	['karta identi'ta]	der Personalausweis
la carta d'imbarco	['karta dim'barko]	die Bordkarte
il passaporto	[passa'pɔrto]	der Reisepass
il libretto di circolazione	[li'bretto di tʃirkolat'tsjo:ne]	der Kfz-Schein

INFORMAZIONI

Informationen

l'aggiornamento *m*	[addʒorna'mento]	das Update
il comunicato stampa	[komuni'ka:to 'stampa]	die Pressemitteilung

DIFFICOLTÀ

Probleme

la deviazione	[deviat'tsjo:ne]	die Umleitung
i lavori *m pl* in corso	[la'vo:ri in 'korso]	die Bauarbeiten *f pl*
il ritardo	[ri'tardo]	die Verspätung
lo sciopero	['ʃɔ:pero]	der Streik
il sovrappeso	[sovrap'pe:so]	das Übergepäck

UFFICI E MISURE DI SOCCORSO

Anlaufstellen und Notmaßnahmen

l'autosoccorso *m*	[autosok'korso]	der Abschleppdienst
l'ufficio *m* oggetti smarriti	[uf'fi:tʃo od'dʒɛtti zmar'ri:ti]	das Fundbüro
il monitoraggio	[monito'ra:dʒio]	die Überwachung
assicurare	[assiku'ra:re]	versichern
il piano d'evacuazione	['pja:no devakuat'tsjo:ne]	der Evakuierungsplan
il volo alternativo	['vo:lo alterna'ti:vo]	der Ersatzflug

ALTRO

Sonstiges

aggiustare/riparare	[addʒus'ta:re/ripa'ra:re]	reparieren
monitorare	[monito'ra:re]	überwachen
senza indugio	['sɛntsa in'du:dʒo]	umgehend
tempestivamente	[tempestiva'mente]	zeitnah

IN GENERALE — Allgemeines

Mi può aiutare?	[mi ˈpuɔ ajuˈtaːre]	Können Sie mir helfen?
Ho lasciato la valigia sul treno.	[ɔ laʃˈʃaːto la vaˈliːdʒa sul ˈtrɛːno]	Ich haben den Koffer im Zug vergessen.
Ecco l'indirizzo di casa.	[ˈɛkko lindiˈrittso di ˈkaːsa]	Hier ist meine Heimatanschrift.
Il Suo passaporto non è più valido.	[il ˈsuːo passaˈpɔrto non ɛ pju ˈvaːlido]	Ihr Reisepass ist nicht mehr gültig.
Compili questo modulo.	[komˈpiːli ˈkuesto ˈmɔːdulo]	Füllen Sie dieses Formular aus.
Mi dia il Suo numero di polizza.	[mi ˈdiːa il ˈsuːo ˈnumero di ˈpɔːlittsa]	Geben Sie mir Ihre Versicherungsnummer.
Sono rimasto senza contanti.	[ˈsoːno riˈmaːsto ˈsɛntsa konˈtanti]	Ich habe kein Bargeld mehr.
Il taxi non arriva.	[il ˈtaksi non arˈriːva]	Das Taxi kommt nicht.
Ho dimenticato i documenti a casa.	[ɔ dimentiˈkaːto i dokuˈmenti a ˈkaːsa]	Ich habe meine Papiere zu Hause vergessen.
Non riesco a trovare il biglietto.	[non riˈɛsko a troˈvaːre il biʎˈʎetto]	Ich kann die Fahrkarte nicht finden.
La cassa automatica non eroga monete.	[la ˈkassa autoˈmaːtika non ˈeːroga moˈnete]	Der Kassenautomat gibt keine Münzen heraus.
Questa non è la mia valigia.	[ˈkuesta non ɛ la ˈmiːa vaˈliːdʒa]	Das ist nicht mein Koffer.

PER STRADA — Unterwegs

Ho avuto un incidente.	[ɔ aˈvuːto un intʃiˈdɛnte]	Ich habe einen Unfall gehabt.
La mia macchina è stata forzata.	[la ˈmiːa ˈmakkina ɛ ˈstaːta forˈtsaːta]	Mein Auto ist aufgebrochen worden.
Sono in panne.	[ˈsoːno in pan]	Ich habe eine Panne.
Chiami i soccorsi stradali!	[ˈkjaːmi i sokˈkorsi straˈdaːli]	Rufen Sie den Pannendienst!

ALL'AEROPORTO		Am Flughafen
I miei bagagli sono stati smarriti.	[i ˈmjɛːi baˈgaʎʎi ˈsoːno ˈstaːti zmarˈriːti]	Mein Gepäck ist verloren gegangen.
Ho perso il volo per Napoli.	[ɔ ˈpɛrso il ˈvoːlo per ˈnaːpoli]	Ich habe den Flug nach Neapel verpasst.
Questo è un annuncio importante per la signora Schmidt.	[ˈku̯esto ɛ un anˈnuntʃo imporˈtante per la siɲˈɲoːra ˈʃmitt]	Dies ist eine wichtige Durchsage für Frau Schmidt.
Il volo per Stoccarda è stato cancellato.	[il ˈvoːlo per stokˈkarda ɛ ˈstaːto kantʃelˈlaːto]	Der Flug nach Stuttgart wurde gestrichen.
La cintura di sicurezza è troppo stretta.	[la tʃinˈtuːra di sikuˈrettsa ɛ ˈtrɔppo ˈstretta]	Der Sicherheitsgurt ist zu eng.
La partenza del volo per Milano è stata posticipata di un'ora.	[la parˈtentsa del ˈvoːlo per miˈlaːno ɛ ˈstaːta postitʃiˈpaːta di uˈnoːra]	Der Abflug der Maschine nach Mailand ist um eine Stunde verschoben worden.
Per motivi di sicurezza il volo è stato dirottato su Bologna.	[per moˈtiːvi di sikuˈrettsa il ˈvoːlo ɛ ˈstaːto dirotˈtaːto su boˈloːɲa]	Aus Sicherheitsgründen wurde der Flug nach Bologna umgeleitet.
C'è un volo alternativo per Francoforte?	[tʃɛ un ˈvoːlo alternaˈtiːvo per fraŋkoˈfɔrte]	Gibt es einen Ersatzflug nach Frankfurt?
A causa del maltempo tutti i voli sono stati temporaneamente sospesi.	[a ˈkaːuza del malˈtɛmpo ˈtutti i ˈvoːli ˈsoːno ˈstaːti temporaneaˈmente sosˈpeːsi]	Aufgrund eines Unwetters wurde der Flugbetrieb vorübergehend eingestellt.
Non ho capito qual è l'uscita per il mio volo di connessione.	[non ɔ kaˈpiːto ˈkual ɛ luʃˈʃiːta per il ˈmiːo ˈvoːlo di konnesˈsjoːne]	Ich habe nicht verstanden, zu welchem Gate ich für den Anschlussflug gehen muss.
Preghiamo tutti i passeggeri prenotati sul volo per Venezia di recarsi immediatamente all'uscita numero 10.	[preˈgjaːmo ˈtutti i passedˈdʒɛːri prenoˈtaːti sul ˈvoːlo per veˈnettsia di reˈkarsi immedjataˈmente alluʃˈʃiːta ˈnuːmero ˈdjɛːtʃi]	Wir bitten alle Fluggäste für den Flug nach Venedig, sich umgehend zum Flugsteig 10 zu begeben.
Ultima urgente chiamata per il passeggero Colli.	[ˈultima urˈdʒɛnte kjaˈmaːta per il passedˈdʒɛːro ˈkɔlli]	Letzter dringender Aufruf für den Fluggast Colli.

IN ALBERGO		Im Hotel
Può farmi vedere un'altra camera?	['pu' 'farmi ve'de:re u'naltra 'ka:mera]	Können Sie mir noch ein anderes Zimmer zeigen?
La presa è guasta.	[la 'pre:sa ɛ 'guasta]	Die Steckdose ist kaputt.
Potrebbe darmi un adattatore per la presa?	[po'trɛbbe 'darmi un adatta'to:re per la 'pre:sa]	Könnten Sie mir bitte einen Steckdosenadapter geben?
La finestra non si chiude.	[la fi'nɛstra non si 'kju:de]	Das Fenster schließt nicht.
La chiave magnetica non funziona.	[la 'kja:ve maɲ'ɲɛ:tika non fun'tsjo:na]	Die Schlüsselkarte funktioniert nicht.
Lo scarico è otturato.	[lo 'ska:riko ɛ ottu'ra:to]	Der Abfluss ist verstopft.
La lampadina si è fulminata.	[la lampa'di:na si ɛ fulmi'na:ta]	Die Glühbirne ist durchgebrannt.
La camera è troppo rumorosa.	[la 'ka:mera ɛ 'trɔppo rumo'ro:sa]	Das Zimmer ist zu laut.
La maniglia è lenta.	[la ma'niʎʎa ɛ 'lɛnta]	Der Türknauf ist locker.
Il tavolo traballa.	[il 'ta:volo tra'balla]	Der Tisch wackelt.
All'agenzia di viaggi ci è stato detto che si trattasse di un appartamento con quattro camere da letto.	[alladʒen'tsi:a di 'vjaddʒi tʃi ɛ 'sta:to 'detto ke si trat'tasse di un apparta'mento kon 'kuattro 'ka:mere da 'lɛtto]	Im Reisebüro sagte man uns, es sei eine Wohnung mit vier Schlafzimmern.
Avevamo prenotato una camera con balcone e vista sul mare.	[ave'va:mo preno'ta:to 'u:na 'ka:mera kon bal'ko:ne e 'vista sul 'ma:re]	Wir hatten ein Zimmer mit Balkon und Meeresblick gebucht.
Ci aspettavamo un albergo a quattro stelle.	[tʃi aspetta'va:mo un al'bɛrgo a 'kuattro 'stelle]	Wir erwarteten ein Vier-Sterne-Hotel.
Nel dépliant c'era scritto che fosse distante soltanto cinque minuti dalla spiaggia.	[nel depli'jã 'tʃe:ra 'skritto ke 'fosse dis'tante sol'tanto 'tʃiŋkue mi'nu:ti 'dalla 'spiaddʒa]	In der Broschüre stand, dass es nur fünf Minuten vom Strand entfernt ist.
Nella prenotazione era indicato che ci fosse un parcheggio nello stesso edificio.	['nella prenotat'tsjo:ne 'e:ra indi'ka:to ke tʃi 'fosse un par'keddʒo 'nello 'stesso edi'fi:tʃo]	In der Reservierung war angegeben, dass es einen Parkplatz im selben Gebäude gibt.

IMPREVISTI DURANTE IL VIAGGIO		**Unerwartetes auf der Reise**
Ho perso l'autobus. Che faccio?	[ɔ ˈpɛrso lˈa:utobus ke ˈfattʃo]	Ich habe den Bus verpasst. Was tue ich jetzt?
Potrebbe aiutarmi? Ho perso l'aereo.	[poˈtrɛbbe ajuˈtarmi ɔ ˈpɛrso laˈɛ:reo]	Können Sie mir helfen? Ich habe meinen Flug verpasst.
Il mio volo aveva ritardo e quindi ho perso la coincidenza.	[il ˈmi:o ˈvo:lo aˈve:va riˈtardo e ˈkuindi ɔ ˈpɛrso la kointʃiˈdɛntsa]	Mein Flug hatte Verspätung und so habe ich den Anschlussflug verpasst.
Il mio volo è in ritardo di cinque ore. Ho diritto ad un risarcimento?	[il ˈmi:o ˈvo:lo ɛ in riˈtardo di ˈtʃiŋkue ˈo:re ɔ diˈritto ad un risartʃiˈmento]	Mein Flug hat fünf Stunden Verspätung. Habe ich Anspruch auf eine Entschädigung?
Il mio volo è stato cancellato a causa dello sciopero dei piloti.	[il ˈmi:o ˈvo:lo ɛ ˈsta:to kantʃelˈla:to a ˈka:uza ˈdello ˈʃɔ:pero ˈdei piˈlɔ:ti]	Mein Flug wurde wegen des Pilotenstreiks gestrichen.
Ho preso il treno sbagliato. Può suggerirmi una soluzione?	[ɔ ˈpre:so il ˈtrɛ:no zbaʎˈʎa:to ˈpuɔ suddʒeˈrirmi ˈu:na solutˈtsjo:ne]	Ich habe den falschen Zug genommen. Können Sie mir eine Lösung empfehlen?
Non sapevo che bisognasse stampare la carta d'imbarco.	[non saˈpe:vo ke bizoɲˈɲasse stamˈpa:re la ˈkarta dimˈbarko]	Ich wusste nicht, dass man die Bordkarte ausdrucken muss.
Pensavo che nella prenotazione fosse compresa la consegna di una valigia.	[penˈsa:vo ke ˈnella prenotaˈtsjo:ne ˈfosse komˈpre:sa la konˈse:ɲa di ˈu:na vaˈli:dʒa]	Ich dachte, in der Buchung sei die Aufgabe eines Koffers enthalten.
La mia valigia pesa soltanto un chilo di troppo. Non potrebbe chiudere un occhio?	[la ˈmi:a vaˈli:dʒa ˈpe:sa solˈtanto un ˈki:lo di ˈtrɔppo non poˈtrɛbbe ˈkju:dere un ˈɔkkjo]	Mein Koffer ist nur ein Kilo schwerer, könnten Sie nicht ein Auge zudrücken?
La mia valigia è stata smarrita.	[la ˈmi:a vaˈli:dʒa ɛ sta:ta zmarˈri:ta]	Mein Koffer ist verloren gegangen.
La mia valigia è arrivata danneggiata.	[la ˈmi:a vaˈli:dʒa ɛ arriˈva:ta dannedˈdʒa:ta]	Mein Koffer ist beschädigt angekommen.

PRESSO L'UFFICIO BAGAGLI SMARRITI 1

Bei der Gepäckermittlung

Ho un problema.
Il mio bagaglio non è arrivato.

Ich habe ein Problem.
Mein Gepäck ist nicht angekommen.

Mi dispiace! Ha già controllato sul nastro trasportatore?

Das tut mir leid! Haben Sie schon auf dem Förderband nachgeschaut?

Sì, ho aspettato, ma non è uscito.

Ja, ich habe gewartet, aber es kam nicht.

Da dove viaggia?

Woher reisen Sie an?

Sono arrivata con il volo da Vienna.

Ich bin mit dem Flug aus Wien angereist.

Posso vedere il talloncino e la carta d'imbarco?

Darf ich den Gepäckschein und die Bordkarte sehen?

Ecco!

Hier, bitteschön!

Grazie. Può descrivermi la Sua valigia?

Danke. Könnten Sie mir Ihren Koffer beschreiben?

PRESSO L'UFFICIO BAGAGLI SMARRITI 2

Bei der Gepäckermittlung

*È una valigia grande, nera,
con un'etichetta rossa e il mio nome.*

Es ist ein großer, schwarzer Koffer mit einem
roten Etikett, auf dem mein Name steht.

*Controllo nel sistema ...
Dunque, la Sua valigia è stata inviata per errore a Milano.*

Ich schaue im System nach ...
Also, Ihr Koffer ist aus Versehen nach Mailand befördert worden.

Oh no! Quando la riceverò?

Oh nein! Wann werde ich ihn bekommen?

*Dovrebbe essere qui domani mattina.
Possiamo consegnarla tramite corriere.*

Er müsste morgen früh hier sein.
Wir können ihn mittels Kurierdienst liefern lassen.

Bene. Alloggio all'Hotel Bellavista.

Gut. Ich bin im Hotel Bellavista.

Le daremo aggiornamenti tramite email.

Wir werden Sie per E-Mail auf dem Laufenden halten.

Grazie mille per l'aiuto!

Vielen Dank für Ihre Hilfe!

Faremo il possibile per restituirLe la valigia al più presto.

Wir werden alles dafür tun, um Ihnen den Koffer so schnell wie möglich zurückzubringen.

GUT ZU WISSEN!

! Wir hoffen natürlich, dass während Ihres Italienaufenthaltes kein Notfall eintritt. Falls dies aber doch der Fall sein sollte, so können Sie die europäische Notrufnummer 112 wählen. Von der Leitstelle aus werden Sie dann mit der richtigen Ansprechperson verbunden. Andere wichtige Notrufnummern sind die 113 für die Polizei, die 115 für die Feuerwehr, die 116 für den Pannendienst, 117 für die Finanzpolizei und die 118 für ärztliche Notfälle.

! In Italien ist es üblich, bei Verkehrsunfällen mit Verletzten immer die Polizei hinzuzuziehen. Dies empfiehlt sich auch bei größeren Schäden am Fahrzeug.

! Italien liegt in einer erdbebengefährdeten Zone. Falls Sie betroffen sind, suchen Sie in Innenräumen Schutz unter stabilen Möbeln. Das italienische Zivilschutzamt bietet aktuelle Warnungen an.

AUFGEPASST:
Falsche Freunde!

Wenn man an einen *Bergpass* denkt, so sind **passo** und *Pass* durchaus „echte Freunde". Meint man allerdings den *Reisepass*, so liegt man mit **passaporto** richtig. Andere Bedeutungen von **passo** sind unter anderem *Schritt*, *Textstelle* oder auch *Durchgang*.

Sollten Sie von Italien aus eine Reise nach **Monaco** buchen wollen, so achten Sie darauf, im Reisebüro „Principato di Monaco" als Zielort zu nennen. Ansonsten geht die Reise direkt nach Deutschland zurück, und zwar nach *München* („Monaco di Baviera").

ETAPPEN**SIEG!**

Nachdem nun auch schwierige Situationen umschifft oder mehr oder weniger heil überstanden sind, können Sie sich im nächsten Kapitel auf verschiedene Freizeitaktivitäten freuen.

12

Kino? Konzert? Was unternehmen wir heute?

Es gibt doch nichts Schöneres, als auch auf Reisen verschiedene Freizeitaktivitäten wahrzunehmen und sich unter die Einheimischen zu mischen – ganz gleich, ob es sich hierbei um Museumsbesichtigungen, Theaterbesuche oder sonstige Aktivitäten handelt. Vielleicht regt Sie dieses Kapitel sogar zu der einen oder anderen Unternehmung an.

IN GENERALE — Allgemeines

la biglietteria	[biʎʎette'ri:a]	die Kasse
il biglietto	[biʎ'ʎetto]	die Eintrittskarte
il giro turistico della città	['dʒi:ro tu'ristiko 'della tʃit'ta]	die Stadtrundfahrt
la gita	['dʒi:ta]	der Ausflug
la guida turistica	['gui:da tu'ristika]	der Reiseführer
il parco divertimenti	['parko diverti'menti]	der Freizeitpark
il programma delle manifestazioni	[pro'gramma 'delle manifestat'tsjo:ni]	der Veranstaltungs-kalender
la riduzione	[ridut'tsjo:ne]	die Ermäßigung
lo stadio	['sta:dio]	das Stadion
il tempo libero	['tɛmpo 'li:bero]	die Freizeit

CINEMA — Kino

l'attore *m* / l'attrice *f*	[at'to:re / at'tri:tʃe]	der Schauspieler / die Schauspielerin
il cinema	['tʃi:nema]	das Kino
il posto	['pɔsto]	der Platz (Kino, Theater)
il film	[film]	der Film
il genere	['dʒɛ:nere]	das Genre
la colonna sonora	[ko'lɔnna so'nɔ:ra]	der Soundtrack
il regista	[re'dʒista]	der Regisseur
la scena	['ʃɛ:na]	die Szene

SPETTACOLI — Vorstellungen

la prevendita	[preˈvɛndita]	der Vorverkauf
la coda	[ˈkɔ:da]	die Warteschlange
il compositore / la compositrice	[kompoziˈto:re / kompozitˈri:tʃe]	der Komponist / die Komponistin
la danza	[ˈdantsa]	der Tanz
il ballerino / la ballerina	[balleˈri:no / balleˈri:na]	der Tänzer / die Tänzerin
l'opera *f*	[ˈɔpera]	die Oper
il/la solista	[soˈlista]	der Solist / die Solistin
l'orchestra *f*	[orˈkɛstra]	das Orchester
la platea	[plaˈtɛ:a]	das Parkett
il pubblico	[ˈpubbliko]	das Publikum
l'applauso *m*	[apˈplauzo]	der Applaus
il bis	[bis]	die Zugabe
il concerto	[konˈtʃɛrto]	das Konzert
il palcoscenico	[palkoˈʃɛ:niko]	die Bühne
la musica dal vivo	['mu:zika dal 'vi:vo]	die Livemusik
la musica lirica	['mu:zika 'li:rika]	die Opernmusik
la band / il gruppo musicale	[bɛnd / ˈgruppo muziˈka:le]	die Band / die Gruppe

AL MUSEO — Im Museum

l'audioguida *f*	[audioˈgui:da]	der Audioguide
il biglietto cumulativo	[biʎˈʎetto kumulaˈti:vo]	das Kombiticket
il dipinto	[diˈpinto]	das Gemälde
il pittore / la pittrice	[pitˈto:re / pitˈtri:tʃe]	der Maler / die Malerin
la visita guidata	[ˈvi:zita guiˈda:ta]	die Führung
visitare	[viziˈta:re]	besichtigen, besuchen

IN GENERALE		Allgemeines
Ti consiglio di prenotare il biglietto online per evitare code alla cassa.	[ti kon'siʎʎo di preno'ta:re il biʎ'ʎetto ɔn'lain per evi'ta:re 'ko:de 'alla 'kassa]	Ich empfehle dir, die Eintrittskarte online zu buchen, damit du dir die Schlange an der Kasse ersparst.
Le foto sono permesse solo per uso privato.	[le 'fɔ:to 'so:no per'messe 'so:lo per 'u:so pri'va:to]	Fotos sind nur für den Privatgebrauch gestattet.
Ci sono delle visite guidate in bicicletta?	[tʃi 'so:no 'delle 'vi:zite gui'da:te in bitʃi'kletta]	Gibt es geführte Radtouren?
Ci sono ancora due biglietti per domani?	[tʃi 'so:no 'aŋkora 'du:e biʎ'ʎetti per do'ma:ni]	Gibt es für morgen noch zwei Eintrittskarten?
C'è una discoteca qui vicino?	[tʃɛ 'u:na disko'te:ka ku'i vi'tʃi:no]	Gibt es hier in der Nähe eine Disko?
Ci sono delle attività un po' fuori dal comune?	[tʃi 'so:no 'delle attivi'ta un pɔ fu'ɔ:ri dal ko'mu:ne]	Gibt es auch eher außergewöhnliche Aktivitäten?
Silenzio!	[si'lɛntsjo]	Ruhe!
Dove posso trovare un calendario delle manifestazioni culturali?	['do:ve 'pɔsso tro'va:re un kalen'da:rjo 'delle manifestat'tsjoni kultu'ra:li]	Wo finde ich einen Veranstaltungskalender?
Ci sono riduzioni sui mezzi pubblici per i visitatori del concerto?	[tʃi 'so:no ridut'tsjo:ni 'su:i 'mɛddzi 'pubblitʃi per i vizita'to:ri del kon'tʃɛrto]	Bekommen die Konzertbesucher Ermäßigungen für die öffentlichen Verkehrsmittel?
Qual è l'età minima?	[kua'lɛ le'ta 'mi:nima]	Was ist das Mindestalter?
È adatto ai bambini?	[ɛ a'datto 'a:i bam'bi:ni]	Ist es kindergerecht?
Ci sono ancora biglietti per ...?	[tʃi 'so:no aŋ'ko:ra 'dɛ:i biʎ'ʎetti per ...]	Gibt es noch Karten für ...?
Sono disponibili degli abbonamenti?	['so:no dispo'ni:bili 'deʎʎi abbona'menti]	Bieten Sie Abonnements an?
È accessibile con sedia a rotelle?	[ɛ attʃes'si:bile kon 'sɛ:dia a ro'tɛlle]	Ist es rollstuhlgerecht?

A che ora è l'ingresso?	[a ke ˈoːra ɛ liŋˈgrɛsso]	Wann ist der Einlass?
Quando inizia?	[ˈkuando iˈnittsja]	Wann fängt es an?
Quand'è l'intervallo?	[ˈkuandɛ linterˈvallo]	Wann ist (die) Pause?
Dove sono i servizi?	[ˈdoːve ˈsoːno i serˈvittsi]	Wo sind die Toiletten?

AL MUSEO

Im Museum

Fino a che ora è aperto il museo?	[ˈfiːno a ke ˈoːra ɛ aˈpɛrto il muˈzɛːo]	Wie lange hat das Museum geöffnet?
Ci sono attività per i più piccoli al museo?	[tʃi ˈsoːno attiviˈta per i pju ˈpikkoli al muˈzɛːo]	Gibt es im Museum Aktivitäten für die Kleinen?
La visita guidata ha inizio alle tre.	[la ˈviːzita guiˈdaːta a iˈnittsjo ˈalle tre]	Die Führung beginnt um drei.
Sono esposte opere di ...?	[ˈsoːno esˈposte ˈɔːpere di ...]	Sind Werke von ... ausgestellt?
Esiste una notte dei musei?	[eˈziste ˈuːna ˈnɔtte ˈdeːi muˈzɛːi]	Gibt es eine lange Nacht der Museen?
Lo shop si trova all'uscita.	[lo ʃɔp si ˈtrɔːva alluʃˈʃiːta]	Der Shop befindet sich am Ausgang.
Si prega di non toccare.	[si ˈpreːga di non tokˈkaːre]	Bitte nicht berühren.
Questo biglietto è anche valido per l'esposizione speciale?	[ˈkuesto biʎˈʎetto ɛ ˈaŋke ˈvaːlido per lespozitˈtsjoːne speˈtʃaːle]	Gilt diese Karte auch für die Sonderschau?
Un'audioguida, per cortesia.	[unaudioˈguiːda per korteˈziːa]	Bitte einen Audioguide.
C'è un'audioguida in tedesco?	[tʃɛ unaudjoˈguiːda in teˈdesko]	Haben Sie einen Audioguide auf Deutsch?
Ci sono delle visite guidate in tedesco?	[tʃi ˈsoːno ˈdelle ˈviːzite guiˈdaːte]	Machen Sie Führungen auf Deutsch?
A che ora è la prossima visita guidata?	[a ke ˈoːra ɛ la ˈprɔssima ˈviːzita guiˈdaːta]	Wann ist die nächste Führung?

CONCERTI E TEATRO		**Konzerte und Theater**
A che ora apre la biglietteria?	[a ke ˈo:ra ˈa:pre la biʎʎetteˈri:a]	Um wie viel Uhr öffnet die Kasse?
Che danno stasera?	[ke ˈdanno staˈser:ra]	Was wird heute Abend gegeben?
Quando inizia la prevendita?	[ˈkuando iˈnittsja la preˈvendita]	Wann beginnt der Vorverkauf?
Ci sono ancora posti in platea?	[tʃi ˈso:no aŋˈko:ra ˈpɔsti in plaˈtɛ:a]	Gibt es noch Plätze im Parkett?
Quanto costa un biglietto ridotto?	[ˈkuanto ˈkɔsta un biʎˈʎetto riˈdotto]	Was kostet eine ermäßigte Karte?
Prenotiamo un aperitivo per l'intervallo.	[prenoˈtja:mo un aperiˈti:vo per linterˈvallo]	Wir bestellen einen Aperitiv für die Pause.
Quando ha inizio la stagione teatrale?	[ˈkuando a iˈnittsjo la staˈdʒo:ne teaˈtra:le]	Wann beginnt die Theatersaison?
Può darmi un programma dello spettacolo?	[ˈpuɔ ˈdarmi un proˈgramma ˈdello spetˈta:kolo]	Könnte ich bitte ein Programmheft haben?
Questo tenore ha dato concerti in tutto il mondo.	[ˈkuesto teˈno:re a ˈda:to konˈtʃɛrti in ˈtutto il ˈmondo]	Dieser Tenor hat schon auf der ganzen Welt gastiert.
Stasera chi dirige l'orchestra?	[staˈse:ra ki diˈri:dʒe lorˈkɛstra]	Wer dirigiert heute Abend das Orchester?
Ci sono dei posti a sedere o bisogna stare in piedi?	[tʃi ˈso:no ˈde:i ˈpɔsti a seˈde:re o biˈzo:ɲa ˈsta:re in ˈpjɛ:di]	Gibt es Sitzplätze oder muss man stehen?
A che ora è il prossimo spettacolo?	[a ke ˈo:ra ɛ il ˈprɔssimo spetˈta:kolo]	Wann ist die nächste Vor-/Aufführung?
A che ora è l'ultimo spettacolo?	[a ke ˈo:ra ɛ ˈlultimo spetˈta:kolo]	Wann ist die letzte Vor-/Aufführung?
Quanto dura lo spettacolo?	[ˈkuanto ˈdu:ra lo spetˈta:kolo]	Wie lange ist die Vor-/Aufführung?
I biglietti sono trasferibili?	[i biʎˈʎetti ˈso:no trasfeˈri:bili]	Sind die Karten übertragbar?

Fino a quando è incluso nel programma?	[ˈfiːno a ˈkuando ɛ iŋˈkluːzo nel proˈgramma]	Bis wann haben Sie es noch im Programm?
Vorrei un biglietto per lo spettacolo pomeridiano.	[vɔrˈrɛːi un biʎˈʎetto per lo spetˈtaːkolo pomeriˈdjaːno]	Ich möchte eine Karte für die Nachmittagsaufführung.
Vorrei un posto avanti/dietro.	[vɔrˈrɛːi un ˈpɔsto aˈvanti/ˈdjɛːtro]	Ich hätte gern einen Platz vorne/hinten.
Quanto mi sono perso?	[ˈkuanto mi ˈsoːno ˈpɛrso]	Wie viel habe ich schon verpasst?
Ci deve essere stato un disguido: qualcuno siede al mio posto.	[tʃi ˈdeːve ˈɛssere ˈstaːto un dizˈguiːdo kualˈkuːno ˈsiɛːde al ˈmiːo ˈpɔsto]	Es ist etwas falsch gelaufen: jemand sitzt auf meinem Platz.
Lo spettacolo non mi è piaciuto.	[lo spetˈtaːkolo non mi ɛ pjaˈtʃuːto]	Die Aufführung hat mir nicht gefallen.
Chiedo il rimborso del denaro.	[ˈkjɛːdo il rimˈborso del deˈnaːro]	Ich möchte mein Geld zurück.

AL CINEMA

Im Kino

Il film viene proiettato in versione originale con sottotitoli in italiano.	[il film ˈvjɛːne projetˈtaːto in verˈsjoːne oridʒiˈnaːle kon sottoˈtiːtoli in itaˈljaːno]	Der Film wird in der Originalfassung mit italienischen Untertiteln gezeigt.
Il film è in 3D?	[il film ɛ in tre di]	Ist der Film in 3D?
È sottotitolato?	[ɛ sottotitoˈlaːto]	Ist es mit Untertiteln?
Due porzioni grandi di popcorn e tre cola piccole, per cortesia.	[ˈduːe porˈtsjoːni ˈgrandi di ˈpɔp kɔrn e tre ˈkoːla ˈpikkole per korteˈziːa]	Zweimal Popcorn groß bitte und drei Cola klein.
È in italiano?	[ɛ in itaˈliaːno]	Ist es auf Italienisch?
Ha degli occhiali 3D clipon?	[a ˈdeʎʎi okˈkiaːli tre di klip ɔn]	Haben Sie eine 3D-Brille zum Anklipsen?

AL PARCO DIVERTIMENTI

Im Freizeitpark

Vorremmo due biglietti per il parco divertimenti, per favore.

Wir hätten gern zwei Eintrittskarten für den Freizeitpark, bitte.

Volentieri! Prendete il biglietto giornaliero o quello pomeridiano?

Gern! Möchten Sie das Tages- oder das Nachmittagsticket?

Meglio quello giornaliero. Quanto costa?

Lieber das Tagesticket. Was kostet es?

Sono 45 euro a persona. I bambini sotto i 10 anni pagano la metà.

Das macht 45 Euro pro Person. Kinder unter 10 Jahren zahlen die Hälfte.

Va bene. E quali attrazioni sono incluse nel biglietto?

Okay. Welche Attraktionen sind im Ticket enthalten?

Tutte, tranne la zona VIP. Per quella serve un supplemento.

Alle, außer der VIP-Zone. Dafür ist ein Zuschlag erforderlich.

Capisco. Possiamo avere una mappa del parco?

Ich verstehe. Könnten wir einen Parkplan haben?

Sì, eccola! Vi consiglio di iniziare dalla zona avventura – è la più popolare.

Ja, bittesehr! Ich empfehle Ihnen in der Abenteuerzone zu beginnen – sie ist besonders beliebt.

UNA SERATA ALL'OPERA

Ein Opernabend

Ti piacerebbe andare all'opera domani sera?

Hättest du Lust, morgen Abend in die Oper zu gehen?

Sì, adoro la musica lirica!
A che ora inizia lo spettacolo?

Ja, ich liebe Opernmusik!
Um wie viel Uhr beginnt die Vorstellung?

Alle otto e mezza. Possiamo cenare prima in un ristorante vicino.

Um halb neun. Wir könnten davor in einem nahegelegenen Restaurant zu Abend essen.

Ottima idea! Sai se ci sono ancora biglietti disponibili?

Tolle Idee! Weißt du, ob noch Karten verfügbar sind?

Sì, ho controllato online. Possiamo prenotarli subito.

Ja, ich habe online nachgeschaut. Wir können sie sofort reservieren.

Quanto costano?

Was kosten sie?

Dipende dal posto. I più economici costano 40, quelli migliori 80 euro.

Es hängt vom Platz ab. Die günstigeren kosten 40, die besseren 80 Euro.

Allora scegliamo quelli da 40 euro. Ho un buon binocolo da teatro!

Dann nehmen wir doch die zu 40 Euro. Ich habe ein gutes Opernglas!

GUT ZU WISSEN!

! Der Massentourismus und die damit einhergehenden Ausschreitungen der letzten Jahre haben in vielen italienischen Reisegebieten dazu geführt, die Verhaltensnormen an öffentlichen Orten strenger zu reglementieren. So ist es an vielen Plätzen nicht mehr gestattet, Speisen zu verzehren oder Alkohol zu trinken. Man möchte aber auch nicht länger hinnehmen, dass beispielsweise in historischen Brunnen gebadet wird, was im Grunde eine Selbstverständlichkeit sein sollte. Bestimmt werden Sie für diese Regeln Verständnis haben. Schließlich geht es darum, das zum Teil jahrhundertealte Kulturerbe auch für künftige Generationen zu bewahren.

AUFGEPASST:

Falsche Freunde!

Was für ein Spektakel! So viel Lärm ... um nichts! Aber nicht jedes **spettacolo** muss gleich in eine laute Auseinandersetzung ausarten. Damit ist nämlich zunächst einmal jede Art von *Vorstellung* gemeint. Wenn es aber selbst italienischen Menschen zu laut wird, verwenden sie die Ausdrücke **chiasso** oder gar **baccano**.

ETAPPEN**SIEG!**

Mal ehrlich: Ausgiebige Museumsbesuche, langes Sitzen in Kinos oder Theaterhäusern können manchmal recht anstrengend sein. Da ist etwas sportliche Betätigung doch sehr willkommen. Blättern Sie weiter und legen Sie gleich los mit Ihrem individuellen Trainingsprogramm.

13

Voll fit! – Alles für den **Aktivurlaub**

Ganz gleich, ob Sie Ihren Skiurlaub in Italien verbringen möchten oder sich für eine Radtour entschieden haben, ob Sie Wassersport treiben oder sich einfach nur fit halten wollen – oder ob sich am Ende doch wieder alles um Fußball dreht: Dieses Kapitel wird Ihnen dabei helfen, sich in all diesen Situationen problemlos verständigen zu können.

IN GENERALE

Allgemeines

l'arbitro *m* / l'arbitro donna	['arbitro/'arbitro 'dɔnna]	der Schiedsrichter / die Schiedsrichterin
il braccialetto fitness	[brattʃa'letto 'fitness]	das Fitnessarmband
il campo sportivo	['kampo spor'ti:vo]	der Sportplatz
la gara	['ga:ra]	der Wettkampf
la palestra	[pa'lɛstra]	die Sporthalle; das Fitnessstudio
il pareggio	[pa'reddʒo]	das Unentschieden
la partita	[par'ti:ta]	das Spiel
il primo / secondo tempo	['pri:mo/se'kondo 'tɛmpo]	die erste/zweite Halbzeit
la squadra	['skua:dra]	die Mannschaft
perdere	['pɛrdere]	verlieren
vincere	['vintʃere]	gewinnen
chiudere in pareggio	['kju:dere in pa'reddʒo]	unentschieden ausgehen
primeggiare	[primed'dʒa:re]	führen

SPORT CON LA PALLA

Ballsport

il calciatore / la calciatrice	[kaltʃa'to:re / kaltʃa'tri:tʃe]	der Fußballspieler / die Fußballspielerin
il calcio	['kaltʃo]	der Fußball
la palla a mano	['palla a 'ma:no]	der Handball
la pallacanestro	[pallaka'nɛstro]	der Basketball
la pallavolo	[palla'vo:lo]	der Volleyball
la porta	['pɔrta]	das Tor
il portiere / la portiera	[por'tjɛ:re / por'tjɛ:ra]	der Torwart / die Torhüterin
segnare un gol	[seɲ'ɲa:re un gɔl]	ein Tor schießen

SPORT ACQUATICO

		Wassersport
il (non) nuotatore / la (non) nuotatrice	[(non) nuota'to:re / (non) nuota'tri:tʃe]	der (Nicht-)Schwimmer / die (Nicht-)Schwimmerin
la barca a remi	['barka a 'rɛ:mi]	das Ruderboot
la barca a vela	['barka a 've:la]	das Segelboot
l'immersione *m*	[immer'sjo:ne]	der Tauchsport
il motoscafo	[motos'ka:fo]	das Motorboot
il nuoto	['nuɔ:to]	der Schwimmsport
il remo	['rɛ:mo]	das Ruder
lo sci nautico	[ʃi 'na:utiko]	das Wasserski
remare	[re'ma:re]	rudern
nuotare	[nuo'ta:re]	schwimmen

SU DUE RUOTE

		Auf zwei Rädern
la bicicletta	[bitʃi'kletta]	das Fahrrad
la bicicletta da corsa	[bitʃi'kletta da 'korsa]	das Rennrad
il ciclismo	[tʃi'klizmo]	der Radsport
la pista ciclabile	['pista tʃi'kla:bile]	der Radweg

SPORT INVERNALI

		Wintersport
il bastone da sci	[bas'to:ne da ʃi]	der Skistock
la funivia	[funi'vi:a]	die Seilbahn
il pattinaggio su ghiaccio	[patti'naddʒo su 'gjattʃo]	das Eislaufen
lo sci di fondo	[ʃi di 'fondo]	der Langlauf
la slitta	['zlitta]	der Schlitten
sciare	[ʃi'a:re]	Ski laufen

IN GENERALE

Allgemeines

Quali sport si possono praticare in zona?	[ˈkua:li spɔrt si ˈpɔssono pratiˈka:re in ˈdzɔ:na]	Welche Sportmöglichkeiten gibt es hier in der Gegend?
Vorrei iscrivermi ad un corso per principianti.	[vɔrˈrɛ:i isˈkri:vermi ad un ˈkɔrso per printʃiˈpjanti]	Ich möchte mich gerne zu einem Anfängerkurs anmelden.
Ci sono anche dei corsi di livello avanzato?	[tʃi ˈso:no ˈaŋke ˈde:i ˈkɔrsi di liˈvɛllo avanˈtsa:to]	Gibt es auch Kurse für Fortgeschrittene?
Pratico sport a livello agonistico.	[ˈpra:tiko spɔrt a liˈvɛllo agoˈnistiko]	Ich treibe Leistungssport.

GOLF

Golf

C'è un campo da golf nei paraggi?	[tʃɛ un ˈkampo da gɔlf ˈne:i paˈraddʒi]	Gibt es einen Golfplatz in der Gegend?
Quante buche ci sono nel campo da golf?	[ˈkuante ˈbu:ke tʃi ˈso:no nel ˈkampo da gɔlf]	Wie viele Löcher gibt es auf dem Golfplatz?
Sono ammessi visitatori giornalieri?	[ˈso:no amˈmessi vizitaˈto:ri dʒornaˈljɛ:ri]	Sind Tagesgäste zugelassen?
Si possono noleggiare bastoni e palline da golf?	[si ˈpɔssono noledˈdʒa:re basˈto:ni e palˈli:ne da gɔlf]	Kann man hier Golfschläger und -bälle leihen?

SPORT INVERNALI

Wintersport

Dove posso noleggiare degli scarponi da sci?	[ˈdo:ve ˈpɔsso noledˈdʒa:re ˈdeʎʎi skarˈpo:ni da ʃi]	Wo kann ich Skistiefel ausleihen?
A che ora è l'ultima discesa a valle?	[a ke ˈo:ra ɛ ˈlultima diʃˈʃe:sa a ˈvalle]	Um wie viel Uhr ist die letzte Talfahrt?
Quando inizia la stagione invernale?	[ˈkuando iˈni:tsja la staˈdʒo:ne inverˈna:le]	Wann beginnt die Wintersaison?

IN PISCINA

Im Schwimmbad

Vorrei allenarmi in una piscina olimpica.	[vɔrˈrɛ:i alleˈnarmi in ˈu:na piʃˈʃi:na oˈlimpika]	Ich würde gerne in einem Schwimmstadion trainieren.
C'è obbligo di cuffia?	[tʃɛ ˈɔbbligo di ˈkuffja]	Herrscht Badekappen-pflicht?
Quanto è alto il trampolino?	[ˈkuanto ɛ ˈalto il trampoˈli:no]	Wie hoch ist der Springturm?
Quanto è profonda la vasca?	[ˈkuanto ɛ proˈfonda la ˈvaska]	Wie tief ist das Becken?
È una piscina coperta o scoperta?	[ɛ ˈu:na piʃˈʃi:na koˈpɛrta o skoˈpɛrta]	Ist es ein Hallen- oder ein Freibad?

CALCIO

Fußball

Quale squadra è in testa alla classifica?	[ˈkua:le ˈskua:dra ɛ in ˈtɛsta alla klasˈsi:fika]	Welche Mannschaft führt die Tabelle an?
In quale serie gioca la squadra locale?	[in ˈkua:le ˈsɛ:rje ˈdʒo:ka la ˈskua:dra loˈka:le]	In welcher Liga spielt die Lokalmannschaft?
Dove si terranno i prossimi mondiali di calcio?	[ˈdo:ve si terˈranno i ˈprɔssimi monˈdja:li di ˈkaltʃo]	Wo findet die nächste Fußballweltmeisterschaft statt?
Chi ha vinto il campionato?	[ki a ˈvinto il kampjoˈna:to]	Wer hat die Meisterschaft gewonnen?
Quante reti sono già state segnate?	[ˈkuante ˈre:ti ˈso:no dʒa ˈsta:te seɲˈɲa:te]	Wie viele Tore wurden bereits geschossen?
Italia e Germania si incontrano per una partita amichevole.	[iˈta:lja e dʒerˈma:nja si iŋˈkontrano per ˈu:na parˈti:ta amiˈke:vole]	Italien und Deutschland treffen in einem Freundschaftsspiel aufeinander.

CHIEDERE INFORMAZIONI		Sich informieren
È compreso il noleggio della completa attrezzatura nel prezzo del corso?	[ɛ komˈpreːso il noˈleddʒo ˈdella komˈplɛːta attrettsaˈtuːra nel ˈprɛttso del ˈkɔrso]	Ist im Kurspreis die Miete der gesamten Ausrüstung enthalten?
Quali attività sportive vengono offerte in albergo?	[ˈkuaːli attiviˈta sporˈtiːve ˈvɛŋgono ofˈfɛrte in alˈbɛrgo]	Welche sportlichen Aktivitäten bietet das Hotel an?
Quali attrezzi sportivi ci sono al campeggio?	[ˈkuaːli atˈtrettsi sporˈtiːvi tʃi ˈsoːno al kamˈpeddʒo]	Welche Sportgeräte gibt es auf dem Campingplatz?
Per domani è prevista un'escursione?	[per doˈmaːni ɛ preˈvista uneskurˈsjoːne]	Ist für morgen ein Ausflug geplant?
È possibile noleggiare le tavole da snowboard anche ad ore?	[ɛ posˈsiːbile noledˈdʒaːre le ˈtaːvole da ˈsnou bɔːd ˈaŋke ad ˈoːre]	Kann man Snowboard-bretter auch stundenweise mieten?
Quali percorsi da trekking ci sono in zona?	[ˈkuaːli perˈkorsi da ˈtrɛkiŋ tʃi ˈsoːno in ˈdzɔːna]	Welche Wanderpfade gibt es hier?
Quant'è il costo di noleggio giornaliero per una mountain-bike?	[kuanˈtɛ il ˈkosto di noˈleddʒo dʒornaˈljɛːro per ˈuːna ˈmauntin ˈbaik]	Wie viel kostet es, ein Mountainbike für einen Tag zu mieten?
Bisogna lasciare una caparra?	[biˈzoːɲa laʃˈʃaːre ˈuːna kaˈparra]	Muss eine Kaution hinterlegt werden?
Ho sentito dire che una delle attività praticabili in zona è il parapendio.	[ɔ senˈtiːto ˈdiːre ke ˈuːna ˈdelle attiviˈta pratiˈkaːbili in ˈdzɔːna ɛ il parapenˈdiːo]	Ich habe gehört, dass Gleitschirmfliegen zu den Aktivitäten gehört, die man hier in der Gegend ausüben kann.

ALTRO		Sonstiges
Ieri è stata inaugurata la nuova pista ciclabile.	[ˈjɛːri ɛ ˈstaːta inauguˈraːta la ˈnuɔːva ˈpista tʃiˈklaːbile]	Gestern wurde der neue Radweg eingeweiht.
Potrei avere una mappa dei sentieri?	[poˈtrɛːi aˈveːre ˈuːna ˈmappa ˈdeːi senˈtjɛːri]	Könnte ich bitte eine Wanderkarte haben?
Sono appassionato della scherma.	[ˈsoːno appassioˈnaːto ˈdella ˈskerma]	Der Fechtsport begeistert mich.
Vorrei vedere la partita di pallamano.	[vɔrˈrɛːi veˈdeːre la parˈtiːta di pallaˈmaːno]	Ich würde gerne das Handballspiel sehen.
La corsa viene trasmessa alla tivù?	[la ˈkorsa ˈvjɛːne trasˈmessa alla tiːvu]	Wird das Rennen im Fernsehen übertragen?
Che ne dici di una gita in bicicletta?	[ke ne ˈdiːtʃi di ˈuːna ˈdʒiːta in bitʃiˈkletta]	Was hältst du von einer Fahrradtour?
Può dirmi dov'è il campo da tennis?	[ˈpuɔ ˈdirmi doˈvɛ il ˈkampo da ˈtɛnnis]	Können Sie mir bitte sagen, wo der Tennisplatz ist?
Dove possiamo fare una partita di ping-pong?	[ˈdoːve posˈsjaːmo ˈfaːre ˈuːna parˈtiːta di piŋ ˈpɔŋg]	Wo können wir eine Partie Tischtennis spielen?
Può raccomandarmi una buona scuola d'equitazione?	[ˈpuɔ rakkomanˈdarmi ˈuːna ˈbuɔːna ˈskuɔːla dekuitatˈtsjoːne]	Können Sie mir eine gute Reitschule empfehlen?
È stata una sconfitta atroce.	[ɛ ˈstaːta ˈuːna skonˈfitta aˈtroːtʃe]	Das war eine qualvolle Niederlage.

LEZIONE DI SCI

Ski-Unterricht

Pronti per la nostra prima lezione di sci?

Bereit für unsere erste Ski-Stunde?

Sì, anche se sono un po' nervoso. Non ho mai sciato prima.

Ja, auch wenn ich etwas nervös bin. Ich bin noch nie Ski gefahren.

Non ti preoccupare, iniziamo con movimenti semplici.

Mach dir keine Sorgen, wir fangen mit einfachen Bewegungen an.

D'accordo.

Einverstanden.

Prima impariamo a scivolare e poi a frenare.

Zuerst lernen wir, wie man auf den Skiern gleitet, und dann, wie man bremst.

E quanto tempo ci vuole per riuscire a scendere una pista blu?

Und wie lange braucht man, um eine blaue Piste hinabfahren zu können?

Dipende, ma con un po' di pratica potresti provarci già oggi.

Es kommt drauf an, aber mit etwas Übung könntest du es schon heute versuchen.

Va bene, allora cominciamo!

Gut, dann lass uns anfangen!

LA TOSCANA IN BICI

Mit dem Fahrrad durch die Toskana

Ho trovato un percorso ciclistico nelle colline toscane.
Ti va di provarlo?

Ich habe eine Fahrradroute in den toskanischen Hügeln gefunden.
Möchtest du sie ausprobieren?

Sì, volentieri! Com'è il percorso?
È difficile?

Ja, gern! Wie ist der Streckenverlauf?
Ist er schwierig?

Ci sono sentieri sterrati, qualche salita ripida e discese veloci.

Es gibt Feldwege, ein paar steile Steigungen und schnelle Abfahrten.

Allora devo noleggiare una mountain bike. Sai dove possiamo trovarne una?

Dann muss ich ein Mountainbike ausleihen. Weißt du, wo wir eins bekommen können?

Sì, vicino al punto di partenza c'è un noleggio.

Ja, gleich beim Start gibt es einen Verleih.

Bene! A che ora partiamo domani?

Prima! Wann fahren wir morgen los?

Direi di partire presto, verso le otto, così evitiamo il caldo di mezzogiorno.

Ich schlage vor, zeitig zu starten, gegen acht, damit wir die Mittagshitze meiden.

Ottima idea! Porterò anche una borraccia e qualche snack.

Das hört sich gut an! Ich nehme auch eine Trinkflasche und ein paar Snacks mit.

GUT ZU WISSEN!

! König Fußball regiert bekanntlich auch in Italien. Die Begeisterung seiner Anhänger ist so groß, dass man sie hier in Anlehnung an die von hohem Fieber geplagten *Typhuskranken* schlichtweg **tifosi** nennt.

! Einmal im Jahr findet die **Partita del cuore** statt, bei der es nur Gewinner gibt. Die **Nazionale italiana cantanti**, also die *Nationalmannschaft der Sänger*, tritt gegen die Mannschaft einer bestimmten Vereinigung an, wie z. B. die der Formel-1-Fahrer, Sportreporter, Richter oder auch Politiker. Der Erlös geht an Wohltätigkeitsinitiativen. Daher auch der Name *Herzenspartie*.

! Bestimmt kennt jeder den Namen der einen oder anderen „offiziellen" italienischen Fußballmannschaft. Erwähnenswert sind aber auch deren Beinamen. Hinter den Bezeichnungen **Vecchia** Signora (*alte Dame*), **Zebre** (*Zebras*), **Madama** (*Madame*) oder **Fidanzata d'Italia** (*Verlobte Italiens*) verbirgt sich beispielsweise eine der ältesten italienischen Mannschaften: **Juventus Turin** oder einfach nur „Juve".

AUFGEPASST: *Falsche Freunde!*

Dem Wort **angolo** könnten Sie im Fußballstadion oder in ganz alltäglichen Situationen begegnen. Denn es bedeutet so viel wie *Ecke*. Der *Eckball* ist demnach der **calcio d'angolo**. Für die *Angel* verwendet man im Italienischen die Bezeichnung **canna da pesca**. Bleiben wir beim Fußball. Mit **fallo** bezeichnet man ein *Foul*. Darüber hinaus kann es sich aber auch einfach nur auf den *Fehler* oder das männliche Geschlechtsorgan, den *Phallus*, beziehen. Möchten Sie hingegen jemandem eine *Falle* stellen, so behelfen Sie sich mit einer **trappola**.

ETAPPEN**SIEG!**

Jetzt sind Sie also auch in Sachen Sport ganz fit.
Das letzte Kapitel wird Sie schon bald zum Telefonieren und Mailen animieren.

14

Anrufen, kontaktieren – **moderne Kommunikation**

Ob Verabredungen oder Absprachen – mit dem Smartphone sind Anrufe und Nachrichten schnell erledigt. Gerade das Telefonieren in der Fremdsprache kann anfangs viel Überwindung kosten.

Doch keine Sorge! Mit ein wenig Übung wird es zur Routine. Dieses Kapitel unterstützt Sie dabei.

IN GENERALE

		Allgemeines
la banda larga	[ˈbanda ˈlarga]	das Breitband
la connessione flat	[konnesˈsjo:ne flɛt]	die Flatrate
l'informativa *f* sulla privacy	[informaˈti:va ˈsulla ˈpraivasi]	die Datenschutzerklärung
la rete fissa/mobile	[ˈre:te ˈfissa/ˈmɔ:bile]	das Fest-/Mobilnetz

TELEFONIA FISSA E MOBILE

		Festnetz- und Mobiltelefonie
l'auricolare *m*	[aurikoˈla:re]	der Kopfhörer
il cellulare / il telefonino	[tʃelluˈla:re / telefoˈni:no]	das Handy
la chiamata internazionale	[kjaˈma:ta internattsjoˈna:le]	das internationale Telefongespräch
il contratto di telefonia mobile	[konˈtratto di telefoˈni:a ˈmo:bile]	der Handyvertrag
il gestore di rete	[dʒesˈto:re di ˈre:te]	der Netzbetreiber
il messaggio vocale	[mesˈsaddʒo voˈka:le]	die Sprachnachricht
il numero verde	[ˈnu:mero ˈverde]	die Servicenummer
il prefisso	[preˈfisso]	die Vorwahl
il prefisso nazionale	[preˈfisso nattsjoˈna:le]	die Ländervorwahl
la scheda SIM	[ˈskɛ:da sim]	die SIM-Karte
la zona senza copertura	[ˈdzɔ:na ˈsɛntsa koperˈtu:ra]	das Funkloch

MESSAGGISTICA

		Nachrichtenversand
l'allegato *m*	[alle'ga:to]	der Anhang
la cartella	[kar'tɛlla]	der Ordner
il cestino	[tʃes'ti:no]	der Papierkorb
la copia conoscenza nascosta (Ccn)	['kɔ:pja konoʃ'ʃɛntsa nas'kosta]	die Blindkopie (Bcc)
la copia conoscenza / carbone (Cc)	['kɔ:pja konoʃ'ʃɛntsa / kar'bo:ne]	die Kopie (Cc)
l'e-mail *m/f*	[i'meil]	die/das E-Mail
l'e-mail pubblicitario/-a	[i'meil pubblitʃi'ta:rjo/-a]	die/das Werbe-E-Mail
il messaggino	[messad'dʒi:no]	die Kurznachricht
il messaggio	[mes'saddʒo]	die Nachricht
l'oggetto *m*	[od'dʒɛtto]	der Betreff
la posta elettronica	['pɔsta elet'trɔ:nika]	die elektronische Post
la posta in entrata/uscita	['pɔsta in en'tra:ta/uʃ'ʃi:ta]	der Posteingang/-ausgang
la posta indesiderata	['pɔsta indeside'ra:ta]	die unerwünschte Post
cancellare	[kantʃel'la:re]	löschen
fissare un appuntamento	[fis'sa:re un appunta'mento]	einen Termin vereinbaren
inoltrare	[inol'tra:re]	weiterleiten
messaggiarsi	[messad'dʒarsi]	simsen
rispondere	[ris'pondere]	antworten
spammare	[spam'ma:re]	spammen
spostare	[spos'ta:re]	verschieben

INIZIARE UNA CHIAMATA

Ein Telefongespräch beginnen

Buongiorno, qui Rossi. Vorrei parlare con il dottor Tasso.	[buonˈdʒorno kuˈi ˈrossi vɔrˈrɛːi parˈlaːre kon il dotˈtoːr ˈtasso]	Guten Tag, hier Rossi. Ich möchte gerne mit Herrn Dr. Tasso sprechen.
Salve, sono la signora Verdi. Mi può passare l'ufficio reclami?	[ˈsalve ˈsoːno la siɲˈɲoːra ˈverdi mi ˈpuɔ pasˈsaːre lufˈfiːtʃo reˈklaːmi]	Hallo, ich bin Frau Verdi. Können Sie mich bitte mit der Beschwerdestelle verbinden?
Scusi, può mettermi in comunicazione con la camera numero 20?	[ˈskuːzi ˈpuɔ ˈmettermi in komunikatˈtsjoːne kon la ˈkaːmera ˈnuːmero ˈventi]	Entschuldigung, können Sie mich mit Zimmer Nummer 20 verbinden?

CONCLUDERE UNA CHIAMATA

Ein Telefongespräch beenden

Penso che sia tutto.	[ˈpɛnso ke ˈsiːa ˈtutto]	Ich denke, das ist alles.
Ho preso nota di tutto. Buona giornata!	[ɔ ˈpreːso ˈnɔːta di ˈtutto ˈbuɔːna dʒorˈnaːta]	Ich habe alles notiert. Schönen Tag noch!
Grazie della chiamata. A risentirci!	[ˈgrattsje ˈdella ˈkjaːmata a risenˈtirtʃi]	Danke für Ihren Anruf. Auf Wiederhören!

METTERSI D'ACCORDO

Absprachen treffen

Allora La richiamo venerdì.	[alˈloːra la riˈkjaːmo venerˈdi]	Dann rufe ich Sie also am Freitag an.
Ci sentiamo la prossima settimana per un aggiornamento.	[tʃi senˈtjaːmo la ˈprɔssima settiˈmaːna per un addʒornaˈmento]	Wir hören dann nächste Woche für ein Update voneinander.
Potremmo vederci di persona mercoledì prossimo?	[potˈrɛmmo veˈdertʃi di perˈsoːna merkoleˈdi ˈprɔssimo]	Können wir uns nächsten Mittwoch persönlich treffen?

ALTRO

Sonstiges

La linea è disturbata. Posso richiamarLa?	[la ˈliːnea ɛ disturˈbaːta ˈpɔsso rikjaˈmarla]	Die Leitung ist gestört. Kann ich Sie nochmal anrufen?
Mi scusi, potrebbe parlare più lentamente?	[mi ˈskuːzi poˈtrɛbbe parˈlaːre pju lentaˈmente]	Entschuldigen Sie, könnten Sie bitte etwas langsamer sprechen?
Può fare lo spelling del Suo cognome?	[ˈpuɔ ˈfaːre lo ˈspelling del ˈsuːo koɲˈɲoːme]	Könnten Sie Ihren Nachnamen bitte buchstabieren?
Non riesco a prendere la linea.	[non riˈɛsko a ˈprɛndere la ˈliːnea]	Ich bekomme keine Verbindung.
È occupato.	[ɛ okkuˈpaːto]	Es ist besetzt.
Non risponde nessuno.	[non risˈponde nesˈsuːno]	Es meldet sich niemand.
Vorrei fare una telefonata a carico del destinatario.	[vɔrˈrɛːi ˈfaːre ˈuːna telefoˈnaːta a ˈkaːriko del destinaˈtaːrjo]	Ich möchte gerne ein R-Gespräch führen.
Qual è il prefisso per la Svizzera?	[kual ɛ il preˈfisso per la ˈzvittsera]	Wie lautet die Vorwahl für die Schweiz?
Questa è la segreteria telefonica della ditta Bianchi.	[ˈkuesta ɛ la segreteˈriːa teleˈfɔːnika ˈdella ˈditta ˈbjaŋki]	Dies ist der Anrufbeantworter der Firma Bianchi.
Si prega di lasciare un messaggio dopo il segnale acustico.	[si ˈpreːga di laʃˈʃaːre un mesˈsaddʒo ˈdoːpo il seɲˈɲaːle aˈkustiko]	Bitte hinterlassen Sie eine Nachricht nach dem Tonsignal.
Rimanga in linea.	[riˈmaŋga in ˈliːnea]	Bleiben Sie am Apparat.

CELLULARE ED ALTRO

Handy und Co.

Avrei bisogno di una custodia per il mio cellulare.	[avˈrɛːi biˈzoːɲo di ˈuːna kusˈtoːdia per il ˈmiːo tʃelluˈlaːre]	Ich bräuchte eine Handyhülle.
La mia batteria è scarica. Dove posso ricaricarla?	[la ˈmiːa batteˈriːa ɛ ˈskaːrika ˈdoːve ˈpɔsso rikariˈkarla]	Mein Akku ist leer. Wo kann ich ihn wiederaufladen?
Dove posso comprare una scheda prepagata?	[ˈdoːve ˈpɔsso komˈpraːre ˈuːna ˈskɛːda prepaˈgaːta]	Wo kann ich eine Prepaid-Karte kaufen?
In questa zona non c'è campo.	[in ˈkuesta ˈdzɔːna non tʃɛ ˈkampo]	In dieser Gegend hat man keinen Empfang.
Mi occorre un ricaricatore per il mio tablet.	[mi okˈkorre un rikarikaˈtoːre per il ˈmiːo ˈtablɛt]	Ich brauche ein Ladegerät für mein Tablet.
Posso connettermi ad internet con il mio smartphone?	[ˈpɔsso konˈnettermi ad ˈinternet kon il ˈmiːo ˈsmartfon]	Kann ich mich mit meinem Smartphone ins Internet einwählen?
Potrebbe ripeterlo, per favore?	[poˈtrɛbbe riˈpɛterlo per faˈvoːre]	Könnten Sie das bitte wiederholen?
La connessione è caduta per un attimo.	[la konnesˈsjone ɛ kaˈduːta per un ˈattimo]	Die Verbindung war kurz unterbrochen.
Ho ricevuto il Suo messaggio, ma il file non si apre.	[ɔ ritʃeˈvuːto il ˈsuːo mesˈsaddʒo ma il ˈfail non si ˈaːpre]	Ich habe Ihre Nachricht erhalten, aber die Datei lässt sich nicht öffnen.
Potremmo parlare in videochiamata? La capirei meglio.	[poˈtrɛmmɔ parˈlaːre in videokjaˈmaːta? la kapiˈrɛi ˈmɛʎʎo]	Könnten wir per Videoanruf sprechen? Dann würde ich Sie besser verstehen.
La batteria è quasi scarica – se veniamo interrotti, le scrivo più tardi.	[la batteˈriːa ɛ ˈkuazi ˈskaːrika – se veˈnjamo interˈrɔtti le ˈskriːvo pju ˈtardi]	Mein Akku ist fast leer – falls wir unterbrochen werden, schreibe ich Ihnen später.
C'è il Wi-Fi qui? Vorrei inviare un messaggio.	[tʃɛ il ˈwaiːfai kuˈi? vɔrˈrɛi inˈviaːre un mesˈsaddʒo]	Gibt es hier WLAN? Ich würde gerne eine Nachricht verschicken.

CORRISPONDENZA ELETTRONICA		Elektronische Korrespondenz
Caro Luigi, grazie del tuo messaggio.	[ˈka:ro luˈi:dʒi ˈgrattsje del ˈtu:o mesˈsaddʒo]	Lieber Luigi, danke für deine Nachricht.
Gentile Signora Marchesi, Le invio in allegato il mio curriculum.	[dʒenˈti:le siɲˈɲo:ra marˈke:zi le inˈvi:o in alleˈga:to il ˈmi:o kurˈri:kulum]	Sehr geehrte Frau Marchesi, im Anhang finden Sie meinen Lebenslauf.
Cordiali saluti	[korˈdja:li saˈlu:ti]	Beste Grüße
Con la presente desidero essere cancellato dal distributore.	[kon la preˈzɛnte deˈsi:dero ˈɛssere kantʃelˈla:to dal distribuˈto:re]	Hiermit bitte ich Sie, mich aus dem Verteiler zu nehmen.
Vi invito a non inviarmi ulteriori messaggi pubblicitari.	[vi inˈvi:to a non inviˈarmi ulteˈrjo:ri mesˈsaddʒi pubblitʃiˈta:ri]	Ich bitte Sie, mir keine weiteren Werbenachrichten zu schicken.
Spero di ricevere presto una Sua risposta.	[ˈspɛro di riˈtʃe:vere ˈprɛsto ˈu:na ˈsu:a risˈpɔsta]	Ich hoffe, bald eine Antwort von Ihnen zu erhalten.
Potrebbe confermarmi la ricezione della mia e-mail?	[poˈtrɛbbe konferˈmarmi la riʧeˈtsjo:ne della ˈmi:a iˈmɛil]	Könnten Sie mir den Empfang meiner E-Mail bestätigen?
Attendo una Sua gentile risposta.	[atˈtɛndo ˈu:na ˈsu:a dʒenˈti:le risˈpɔsta]	Ich warte auf Ihre freundliche Antwort.
La ringrazio per la Sua e-mail.	[la rinˈgrattsjo per la ˈsu:a iˈmɛil]	Vielen Dank für Ihre E-Mail.
In allegato trova il documento richiesto.	[in alleˈga:to ˈtrɔ:va il dokuˈmɛnto riˈkjɛsto]	Im Anhang finden Sie das angeforderte Dokument.
Se ha domande, non esiti a contattarmi.	[se a doˈmande non ˈɛziti a kontatˈtarmi]	Falls Sie Fragen haben, zögern Sie nicht, mich zu kontaktieren.

SENZA CELLULARE NON SI PUÒ

Ohne Handy geht es nicht

Uffa, il mio cellulare si è scaricato proprio adesso!
Hai un caricatore?

Mist, mein Handy ist gerade ausgegangen!
Hast du ein Ladegerät?

Sì, certo!
Che tipo di cavo ti serve?

Ja, klar!
Was für ein Kabel benötigst du?

USB-C, grazie!
Devo rispondere a un messaggio importante.

USB-C, danke!
Ich muss auf eine wichtige Nachricht antworten.

Capisco! Ormai senza lo
smartphone siamo persi.

Verstehe! Ohne Smartphone ist man
inzwischen aufgeschmissen.

Io lo uso per tutto:
messaggi, navigazione, pagamenti ...

Ich nutze es für alles:
Nachrichten, Navigation, Zahlungen ...

Anch'io!
E poi adoro le videochiamate.

Ich auch!
Außerdem liebe ich Videochats.

È bello vedere le persone
quando parli con loro.

Es ist schön, die Leute zu sehen,
wenn man mit ihnen spricht.

Vero! Ci si diverte di più.

Stimmt! Es macht einfach mehr Spaß.

LINGUA MODERNA

Moderne Sprache

cm va? tt bn? /
Come va? Tutto bene?

Wie geht's? Alles gut?

s tt ok e tu? dv 6? /
Sì, tutto ok. E tu? Dove sei?

Ja, alles in Ordnung. Und du? Wo bist du?

sn cn gli ami x un gel /
Sono con gli amici per un gelato.

Ich bin mit Freunden ein Eis essen.

slurp! k gusto? /
Delizioso! Che gusto?

Lecker! Welche Sorte?

ciocc kn panna. e tu ke fai? /
Cioccolato con panna. E tu che fai?

Schokolade mit Sahne.
Und was machst du?

sto asp n bus. arr tra 10 min /
Sto aspettando l'autobus.
Arrivo tra 10 minuti.

Ich warte auf den Bus.
In 10 Minuten bin ich bei dir.

okk. prnd 1 x te? /
Ok. Ne prendo uno per te?

Alles klar! Soll ich auch eins für dich mitnehmen?

s grazie! frag o lim /
Sì, grazie! Fragola o limone.

Ja, danke! Erdbeere oder Zitrone.

t asp qui /
Ti aspetto qui.

Ich warte hier auf dich.

perf! a tra pkk! /
Perfetto! A tra pochissimo!

Super! Bis gleich!

GUT ZU WISSEN!

! Wundern Sie sich nicht, wenn Sie eine italienische Telefonnummer wählen und auf der Gegenseite ein einfaches **Pronto!** bzw. **Pronto, chi parla?**, also *Hallo!* oder *Hallo, wer spricht da?* hören. Anders als in Deutschland ist es nicht üblich, sich mit dem eigenen Namen zu melden. Vielmehr vergewissert sich der Anrufer, nachdem er sich vorgestellt hat, ob er denn richtig verbunden sei: „Parlo con la Signora Carletti?" – „Spreche ich mit Frau Carletti?"
Wird man von einem Callcenter aus angerufen, kann es übrigens sein, dass sich der Anrufer mit seinem Vornamen meldet: „Buongiorno, sono Michele. Posso farLe qualche domanda?" – „Guten Tag, hier ist Michele. Darf ich Ihnen ein paar Fragen stellen?"
In italienischen Kurznachrichten sind Abkürzungen sehr beliebt. Man verwendet hierfür sogar Buchstaben, die es im italienischen Alphabet sonst gar nicht gibt. So kann aus einem **che** ein **ke** werden und schon hat man wertvolle (Schreib)zeit gespart. Hier ein paar andere kryptische Zeichen, die vor allem bei jungen Leuten beliebt sind:

6	**sei**	*du bist*
+o-	**più o meno**	*mehr oder weniger*
3no	**treno**	*der Zug*
cmq	**comunque**	*jedenfalls*
dm	**domani**	*morgen*
nn	**non**	*nicht*
nnt	**niente**	*nichts*
tat	**Ti amo tanto.**	*Ich liebe dich sehr.*
tvb	**Ti voglio bene.**	*Ich mag dich.*
xké	**perché**	*weil/warum*

AUFGEPASST:
Falsche Freunde!

Am Telefon muss man sich ggf. *Notizen* machen. Das wären dann **note**. Eine **notizia** ist hingegen eine *Nachricht* bzw. Meldung.
„Password invalida" könnte bei Eingabe eines ungültigen Passwortes auf dem Bildschirm erscheinen. Der *Invalide* wird in der Regel als **invalido di guerra** oder als **mutilato** bezeichnet.
Mit dem italienischen **bis** bittet man auf Konzerten um eine Zugabe. Für die deutsche Präposition *bis* gibt es hingegen mehrere Entsprechungen. Je nach Zusammenhang passt dann meistens **fino**, **finché** oder **a**.

ETAPPEN**SIEG!**

Sie sind nun mit den wichtigsten Alltagssituationen vertraut. Natürlich kann dieses Buch nicht alle Themen erschöpfend abdecken, aber es versetzt Sie immerhin in die Lage, nun auf eigene Faust weiterzumachen. Vor allem möchte es Sie dazu ermutigen, den Kontakt zu den Einheimischen zu suchen. Fragen Sie Freunde, Bekannte oder auch Leute, die Sie zufällig treffen, nach den „richtigen Worten". Sie werden staunen, wie schnell Sie auf einmal diese wunderschöne Sprache beherrschen.

Index

Italienisch

A

B

C

G

H

I

L

M

Q

R

S

V

Z

Index

Deutsch

A

B

D

E

F

K

L

M

N

T

Z

Langenscheidt
Flüssig sprechen Italienisch

Bearbeitet von: Francesco Cucinotta

Lektorat: Torsten Lasse, Dr. Christiane Wirth

Warenzeichen, Marken und gewerbliche Schutzrechte
Wörter, die unseres Wissens eingetragene Warenzeichen oder Marken oder sonstige gewerbliche Schutzrechte darstellen, sind als solche – soweit bekannt – gekennzeichnet. Die jeweiligen Berechtigten sind und bleiben Eigentümer dieser Rechte.
Es ist jedoch zu beachten, dass weder das Vorhandensein noch das Fehlen derartiger Kennzeichnungen die Rechtslage hinsichtlich dieser gewerblichen Schutzrechte berührt.

1. Auflage 2025 (1,01 – 2025)

www.langenscheidt.com/kontakt

Projektleitung: Ursula Martini
Layout und Satz: zweiband.media, Berlin
Illustrationen: zweiband.media, Berlin
Bildnachweis Cover: Getty Images/DaniloAndjus
Druck und Bindung: Publikum d.o.o.

ISBN 978-3-12-614002-7